Flirten

KARIN KAMPWERTH
CORINNA STRENG

FLIRTEN

MIT ILLUSTRATIONEN
VON ALEXANDER WEILER

THIENEMANN

Die Deutsche Bibliothek – CIP-Einheitsaufnahme
Ein Titeldatensatz für diese Publikation
ist bei Der Deutschen Bibliothek erhältlich

Kampwerth, Karin / Streng, Corinna:
Flirten – Bis die Funken fliegen
ISBN 3 522 17540 9

Konzeption, Gestaltung und Herstellung:
Hampp Media GmbH, Stuttgart
Einband- und Innenillustrationen: Alexander Weiler
Redaktion: Claudia Hentschke, Marion Krause,
Melanie Schölzke
Schrift: Excelsior
Satz: pws Print- und Werbeservice Stuttgart GmbH
Druck und Bindung: Friedrich Pustet, Regensburg

5 4 3 2 1* 02 03 04 05

Thienemann im Internet: www.thienemann.de

INHALT

ABENTEUER FLIRTEN

Jungs kennen lernen, Mädchen kennen lernen und bei einem prickelnden Spiel ohne Grenzen vielleicht die Weichen für die ersten Beziehungen stellen – gar nicht so einfach. Denn wenn die Gefühle erst einmal durcheinander wirbeln, tun sich gerade Neulinge in Liebesdingen schwer. Umso schöner, dass du Flirten lernen kannst. Mit witzigen Tipps und frechen Tricks kommst du »Mrs. Superstar« oder »Mr. Right« Schritt für Schritt näher. Und weil Flirten Flügel verleiht, düst du schon bald als echter Flirtprofi auf rosa Wolken direkt in den siebten Himmel. Oder hast zumindest eine Menge Spaß mit netten Jungs und tollen Mädchen.

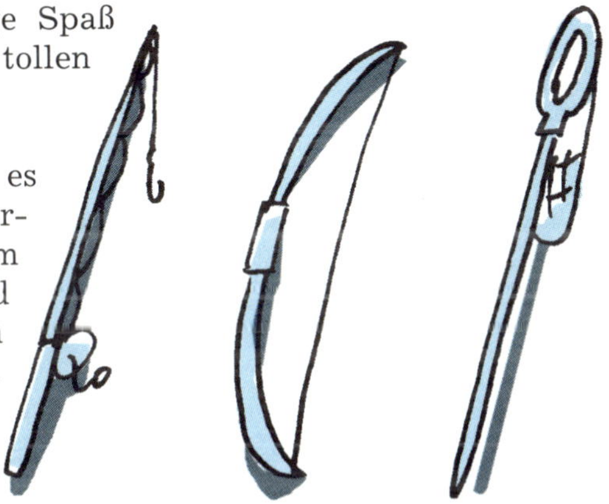

Denn darum geht es hauptsächlich beim Flirten. Spaß steht ganz im Vordergrund! Das wird selbst durch die großen Lexika wie Duden und Brockhaus bestätigt. So steht beispielsweise im Duden über das Flirten: »Liebelei, harmloses, kokettes Spiel mit der Liebe!« Hört sich vielleicht ein wenig angestaubt an, trifft es aber auf den Punkt genau. Der große Brockhaus geht das Thema ein bisschen moderner an. Als »spielerische Kontaktaufnahme zwischen Mann und Frau mit mehr oder weniger eroti-

schem Akzent« wird das Flirten dort beschrieben. Klingt noch besser, denn schließlich kommen beim Flirten oft Gefühle mit ins Spiel. Weil du dein »Opfer« – nachdem du es vorsichtig beschnuppert und dich angenähert hast – vielleicht so toll findest, dass du dich total verknallst. Und spätestens dann wird aus einem harmlosen Flirt wunderschöner Ernst.

Doch bis dahin ist es für viele oft ein ganz schön schwieriger Weg. Logisch, dass Flirten Spaß machen soll. Und noch logischer, dass man dabei die Aliens vom anderen Geschlecht prima antesten kann. Aber wie soll das funktionieren, wenn einem vor Aufregung der eigene Name nicht mehr einfällt und die zitternden Knie ein mittleres Erdbeben verursachen? Und das nicht etwa, weil sofort der Liebesblitz eingeschlagen hätte, sondern einfach nur deshalb, weil eine Menge Mut dazugehört, einem Fremden zu zeigen oder zu sagen, dass man ihn gerne näher kennen lernen würde. Oder einem Mädchen/Jungen aus deiner Clique klar zu machen, dass zwischen euch vielleicht mehr als Freundschaft entstehen könnte.

Eigentlich kein Wunder, dass sich Mädchen und Jungs darum zoffen, wer denn nun den berühmten ersten Schritt machen soll. Weil beide Angst davor haben, eine Abfuhr zu kassieren. Umso wichtiger ist es, das Flirten richtig anzugehen. Wer nämlich seine eigenen Flirtstärken kennt, ein Näschen für den richtigen Zeitpunkt der Kontaktaufnahme hat und ein paar Regeln dabei beachtet, kann trotz aufregender Aktionen ganz locker bleiben.

Echte Flirtprofis beherrschen aber nicht nur das Einmaleins des Kennenlernens, sie haben auch einen Blick für den richtigen Ort und die dazu passende Strategie, um sich an ihr »Flirtopfer« heranzutasten. Deshalb erfährst du in diesem Buch natürlich auch, wie du nicht nur an den angesagtesten Flirtorten wie Schule, Disco oder Party punktest, sondern auch, wie du scheinbar ungeeignete Flirtplätze wie den Supermarkt oder die Bushaltestelle dazu nutzen kannst, süße Jungs oder Mädchen kennen zu lernen.

Wenn du dann noch geklärt hast, welcher Flirttyp du bist und vor allem mit welchem Flirttyp du es bei deinem Gegenüber zu tun hast, bist du auf dem besten Weg, alle Mädchen oder Jungs, die dir gefallen, locker um den Finger zu wickeln. Und dabei wirst du garantiert viel Spaß haben.

FLIRTEN – DAS MUSST DU WISSEN

Signale, Tempo, Typen

Bevor du dich an dein »Opfer« ranpirschst und einen heißen Flirt startest, kannst du schon einmal heimlich ausloten, wie deine Chancen überhaupt stehen. Warum manchmal Sekunden über alles Weitere entscheiden, welche verschiedenen Flirttypen es gibt, und ob du überhaupt bereit für einen spannenden Flirt bist, kannst du ebenfalls hier herausfinden. Ganz zu schweigen von den Frühlingsgefühlen ...

FLIRTSIGNALE

Jungs und Mädchen verraten ihre Lust auf einen Flirt mit kleinen Gesten – und das selbst dann, wenn sie auf den ersten Blick eigentlich supercool und heftig gelangweilt wirken.

Wer sich in puncto Körpersprache und Kontaktaufnahme auskennt, lässt sich nicht so leicht ausbremsen. Und vor allem nicht einschüchtern. Oft ist ein scheinbar eiskalter Blick nämlich auch nichts anderes als eine Schutzmaske vor der eigenen Nervosität. An folgenden Signalen erkennst du garantiert, ob dein Gegenüber auf Flirten eingestellt ist.

Flirtsignale von Mädchen

Wenn er sie noch nicht kennt:

* Sie senkt den Blick, sobald er zu ihr rübersieht.
* Sie fährt sich mit den Fingern immer wieder durch die Haare oder dreht an einer Strähne.
* Sie wirkt im Gespräch mit ihren Freundinnen oder der Clique unkonzentriert.
* Sie verschwindet ständig mit ihren Freundinnen tuschelnd auf der Toilette.

Wenn er sie schon kennt:

- Sie streift ihre Haare aus dem Gesicht, senkt den Kopf und lächelt ihn dabei an.
- Sie berührt während des Gesprächs manchmal scheinbar zufällig seinen Arm oder seine Hand.
- Sie fragt nach, wenn er etwas erzählt.
- Ihr Lachen ist total herzlich und sie schaut ihm dabei in die Augen.

Flirtsignale von Jungs

Wenn sie ihn noch nicht kennt:

- Er vergräbt aus Nervosität die Hände in den Hosentaschen.
- Er versucht immer wieder, ihren Blick einzufangen, um ihr dann ein Lächeln rüberzuschicken.
- Auf einer Party oder in der Disco bietet er seinen Kumpels an, für Drinks zu sorgen, damit er an ihr vorbeigehen kann.
- Er lacht am lautesten und reißt die heftigsten Witze, nur damit sie auf ihn aufmerksam wird.

Wenn sie ihn schon kennt:

- Er spricht mit total tiefer Stimme.
- Er reißt keine heftigen Witze mehr, sondern entschuldigt sich für die Zoten seiner Kumpels.
- Er beugt seinen Oberkörper zu ihr rüber.
- Wenn sie erzählt, blickt er ihr tief in die Augen.
- Wenn er mit ihr lacht, berührt er sie oft wie zufällig an den Schultern.

Körpersprache für Flirtprofis

Wer sich im Anbaggern auskennt, weiß, dass die eigene Ausstrahlung beim »Flirtopfer« blitzschnell unter die Lupe genommen wird. Untersuchungen haben ergeben, dass der erste Eindruck, den du bei anderen hinterlässt, immerhin zu 93 Prozent durch Körpersprache bestimmt wird. Dein Blick, deine Haltung, dein Gang, deine Art, dich zu bewegen – all das wird von deinem Gegenüber und möglichen Flirtpartner auf Sympathiewerte abgecheckt. Wer den ersten Test auf Flirttauglichkeit bestanden hat, kann sein »Ich-möchte-dich-gerne-kennen-lernen«-Programm ganz entspannt durchziehen. Das sind die Körpersignale, die garantiert ankommen:

- Zwischendurch immer mal wieder den Blick senken – eine Prise Schüchternheit taut dein Gegenüber auf.
- Gerade und fest auf beiden Beinen stehen – das signalisiert, dass du – trotz der oben genannten Schüchternheit – weißt, was du willst.
- Arme nicht verschränken, während ihr miteinander quatscht – das zeigt, dass du offen bist.
- Keinen Schlafzimmerblick (Achtung: Viele Mädchen denken, dass halb geöffnete Lider den anderen anmachen!), das wirkt leicht gelangweilt, wenn man sich gerade erst kennen lernt. Weit geöffnete Augen signalisieren dagegen Interesse. Aufpassen, dass du dein Gegenüber dabei nicht »niederstarrst«, lieber vorher zu Hause vor dem Spiegel üben.
- Auch gut, um zu Hause zu üben: Ein leichtes Lächeln auf den Lippen – kommt einfach positiv und gut gelaunt rüber.
- Während du redest, nicht wild mit Armen und Händen fuchteln – hektisches Gestikulieren macht nervös und wirkt aufdringlich.
- Statt wie ein Wasserfall drauflosquatschen, solltest du lieber ein paar Sprechpausen einlegen. So hat dein Gegenüber die Chance, sich einzuklinken, nachzufragen oder etwas von sich zu erzählen, damit ihr in null Komma nichts ein superspannendes Gespräch führt.

* Kaugummiverbot! Achte darauf, dass du deutlich sprichst und deine Lautstärke der Umgebung angepasst ist. Also unter der Eisenbahnunterführung nicht flüstern, während gerade ein ICE über euch hinwegdonnert. Und bloß nicht brüllen, wenn auf der Party gerade ein leiser Schmusesong gespielt wird.

Die Lachnummer

Keep Smiling – die oberste Flirtregel heißt lächeln. Damit startest du nicht nur einen frechen Flirt, damit hältst du diesen auch am Laufen. Klar, weil ein sympathisches Lächeln bei deinem Gegenüber tausendmal besser ankommt als ein cooles Pokerface.

Wenn du lächelst, wirkst du ...

- ... interessiert und offen.
- ... ausgeglichen und gut drauf.
- ... locker, sodass dein Flirtpartner keine Angst vor einer Abfuhr haben muss.
- ... einfach sympathisch und freundlich.

Tipp:

Wenn dir bei einem Flirt vor Aufregung das Lächeln noch ein wenig auf den Lippen einfriert, kannst du das super üben. Geh doch einfach einmal mit einem Lächeln über den Schulhof – vermutlich »schockierst« du damit sogar die Oberzicke aus deiner Klasse, die dir plötzlich freundlich zuwinkt. Oder du schenkst der mürrischen Bäckereiverkäuferin ein nettes Lächeln. Könnte sein, dass sie dir entweder eine Lakritzschnecke auf die Brötchentüte obendrauf packt oder ausnahmsweise mal nicht meckert, weil du das Geld nicht passend dabeihast.

Ein strategisches Sprichwort eines unbekannten Kriegsherren sagt sogar: »Freundlichkeit ist die beste Waffe!« – Kein Wunder also, dass du mit einem freundlichen Lächeln auch dein »Flirtopfer« ganz schnell für dich gewinnen kannst.

FLIRT-TIMING

Die Frage aller Fragen beim Flirten lautet: Wie lange dauert es eigentlich, bis es beim Gegenüber gefunkt hat, und woran erkennst du, ob aus dem Spaß Ernst wird? Denn ganz klar: Beim Flirten geht es in den meisten Fällen erst einmal darum, sich an den anderen heranzutasten – ohne sich weitere Ziele zu setzen.

Ausgenommen natürlich, wenn die Herzen schon lichterloh brennen und Mädchen oder Jungs über den Flirt letztendlich Nägel mit Köpfen in puncto Liebe machen wollen. Doch obwohl es unter potenziellen Flirtkandidaten normalerweise nicht so fix funkt, treibt es einem doch fast die Schweißperlen auf die Stirn, denn über Sympathie oder Antipathie des Gegenübers entscheiden nur einige Sekunden.

Traumflirt-Tempo

Ein kurzer Blick in die Augen, ein Duft, der beim Vorübergehen verführerisch in deine Nase steigt, der Tonfall seiner oder ihrer Stimme, die dich berührt, als würde dein Lieblingssong gespielt! Insgesamt drei Sekunden dauert es, bis eure Gefühle voll auf Flirten eingestellt sind. Das geht so zackzack, dass du selber erst sehr viel später merkst, dass du einen tollen Flirtpartner gefunden hast, bei dem es sich lohnt, näher hinzusehen.

Dennoch solltest du erst einmal nichts überstürzen. Denn Mädchen wollen mit harmlosen Flirts ihre Chancen bei Jungs abstecken. Dabei interessiert sie besonders: Worauf stehen die Aliens vom anderen Geschlecht eigentlich? Kurze Haare, lange Haare, blonde Locken, Jeans oder Micro-Mini? Um das herauszufinden, eignet sich das freche Spiel mit der Liebe ganz besonders gut. Jungs wollen im Prinzip genau das Gleiche wissen: Was kommt bei Mädchen an? Flapsige Sprüche, coole Miene, sanfte Tour oder Machomanieren? Das alles muss angetestet werden, ohne gleich über die Verlobung nachzudenken. Kurzum: Das Einzige, was für den Flirt wichtig ist, ist lediglich die Sympathie. Ob die besagte Chemie zwischen euch dann auch noch richtig stimmt und ob aus dem Spaß mehr werden könnte, das bestimmst sowieso nicht du, sondern die Hormone!

Auf den Geschmack gekommen?

Wer sich verknallt, ist wie von Sinnen? Von wegen! Fühlen, Hören und vor allem Riechen und Schmecken spielen eine sehr wichtige Rolle dabei, ob aus deinem Flirt die ganz großen Gefühle werden. Wissenschaftler der Berliner Humboldt-Universität sind der Chemie der Liebe deshalb einmal ganz unromantisch mit Messungen, Tests und Co. zu Leibe gerückt. Und dabei kam Erstaunliches ans Licht.

Der richtige Riecher

Auch wenn du bei Körpergeruch zuerst einmal an Deo und Seife denkst – jeder Mensch hat sein ganz persönliches Duftprofil! Die Informationen über den körpereigenen Duft stecken in jeder Zelle und verpassen uns damit einen einzigartigen Duftsteckbrief. Und der entscheidet über die große Liebe! Das Ergebnis der Forscher: Je mehr sich diese Duftsteckbriefe unterscheiden, desto eher »fliegen« Menschen aufeinander.

Richtig schnüffelig

Die Schweizer Wissenschaftlerkollegen an der Universität Bern haben die Probe aufs Exempel gemacht. Sie baten zum Schnupperkurs, um zu beweisen, dass große Gefühle davon abhängig sind, ob sich zwei Menschen gut riechen können. Männliche Testperso-

nen mussten dazu ihre Hemden drei Tage lang (!) tragen. Um das Untersuchungsergebnis ja nicht zu verfälschen, waren Alkohol, Zigaretten oder Knoblauch tabu. Anschließend durften die weiblichen Testerinnen an den Hemden »schnüffeln«. Dabei kam heraus, dass sie einen Mann über den Duft seines Hemdes dann als unsympathisch abstempelten, wenn die Zellinformation »Körpergeruch« sehr ähnlich zum eigenen „Duftsteckbrief« war.

KUSSECHT

Ob er oder sie den richtigen Geschmack bei der (Flirt-) Partnerwahl bewiesen haben, zeigt ein kleiner Kuss. Über den Speichel werden nämlich auch biologische Signale ausgesendet, die über hopp oder topp eines Liebeskandidaten entscheiden.

30 Sekunden für die große Liebe

Eine wahre Meisterleistung, was unser Gehirn so vollbringt, wenn es darum geht, sich richtig zu verlieben. Eine italienische Studie deckte auf: Nur eine halbe Minute ist notwenig, um in unserem Gedächtnisspeicher sämtliche Sympathieinfos abzurufen! Dabei werden Äußerlichkeiten des potenziellen »Flirtopfers« wie Haare, Augen, Stimme oder auch die Figur auf Gemeinsamkeiten mit dem Bild vom perfekten Traumpartner im Kopf überprüft. Stimmen viele Merkmale überein, heißt es Bingo! Bahn frei für die große Liebe.

MIT SPASS FLIRTEN – REINE TYPSACHE

Warum geht der eine beim Flirten ran, als wolle er mit einer sekundenschnellen Meisterleistung ins Guinness-Buch der Rekorde kommen? Und warum wirkt eine andere bei jedem Versuch der Kontaktaufnahme so verblüfft, als wäre sie auf Kisuaheli angesprochen worden? Ganz einfach, weil es völlig unterschiedliche Flirttypen gibt.

Wie du die verschiedenen Flirttypen erkennst und mit welcher Strategie du sie um den Finger wickelst, erfährst du hier. Übrigens: Natürlich sind Flirter nicht automatisch Jungs. Deshalb meinen die folgenden Flirttypen auch Mädchen. Weil es einfacher zu lesen ist, sind sie aber in der männlichen Form beschrieben.

DER ABENTEURER

Er ist der perfekte Kandidat, um die Aliens vom anderen Geschlecht mal völlig unverbindlich auf Vorlieben und Reaktionen anzutesten. Der abenteuerlustige Flirter hat es nämlich nicht auf den Flirt an sich abgesehen, sondern er ist lediglich auf Beutezug. Dabei will er seiner Clique (oder einfach sich selbst) beweisen, dass er super Chancen hat. Ideal also, um beim Flirten mit ihm selber ganz egoistisch vorzugehen. So kannst du vom Outfit bis zum Gesprächsthema prüfen, womit du dich »im Ernstfall« sympathisch in Szene setzen kannst.

So erlegst du einen abenteuerlustigen Flirter: Viel Aufwand ist dazu nicht notwenig! Ein kurzer Blick in die Augen und ein kleines Lächeln reichen aus, dass er sein Glück bei dir versuchen wird. Abenteuerlustige Flirter zeichnet nämlich in jedem Fall ihre Zielstrebigkeit aus. Ganz auf deiner Seite hast du ihn ruckzuck mit spontanen Spaßaktionen wie beispielsweise einer Einladung zu zehn Kugeln Schokoladeneis im Schneegestöber. Hat ein abenteuerlustiger Flirter tatsächlich dein Herz erobert, musst du ihm allerdings etwas näher auf die Pelle rücken. Weil er zuerst (wenn auch ohne böse Absicht) immer nur an sich denkt, nimmt er zwar deine Flirtkünste, nicht aber deine Persönlichkeit wahr. Liebevolle SMS oder gefühlvolle E-Cards locken ihn jedoch schnell aus der Gefühlsreserve.

DER ROMANTIKER

Augen zu und verwöhnen lassen! Wer an einen romantischen Flirter geraten ist, wird in wohlig weiche Watte gepackt. Da rieselt es lauter liebevolle Komplimente und er liest seinem »Opfer« alle Wünsche förmlich von den Lippen ab. So hält er dir nach dem Tanzen schon einen Drink unter die Nase, bevor du überhaupt gemerkt hast, dass du durstig bist. Oder dein Handy klingelt, noch bevor du dich nach einem Anruf von ihm sehnst. Er überschüttet dich mit Liebenswürdigkeiten und ist immer zur Stelle, wenn du Hilfe brauchst. Wichtig für seine gefühlvolle Art sind dabei die Umgebung und die richtige Atmosphäre. Lädt er dich zu sich ein, kannst du darauf wetten, dass deine Lieblings-CD

aufgelegt ist und eine Tüte deiner allerliebsten Gummibärchensorte auf dem Tisch liegt. Achtung: Mr. und Mrs. Supersmart sind zwar phantasievoll und charmant, können aber mit ihrer Schmusetour schnell zu Nervensägen werden.

So erlegst du einen Romantikflirter: Wer auf Kuschelkontakt steht, muss selber den soften Weg beim Flirten einschlagen. Also Zunge hüten, keine Witze reißen oder sich über etwas lustig machen. Romantikflirter peppen zwar das Selbstbewusstsein ungeheuer auf, weil sie dich auf einen Thron hieven – sie legen andererseits aber auch jedes Wörtchen auf die Goldwaage. Deshalb gilt bei diesem Typ: still genießen und schweigen. Schließlich reicht es aus, einen Romantikflirter erst dann in seine Schmuseschranken zu weisen, wenn es einmal ernster werden sollte.

DER DAUERFLIRTER

Er ist der Spaßkönig unter den Flirtern. Ganz einfach, weil er wirklich jede Gelegenheit nutzt, um zu baggern, was das Zeug hält. Selbst im Krankenhaus mit Krücken und Gipsbein oder beim Kieferorthopäden schafft er es, einem potenziellen Flirtkandidaten das hinreißendste Zahnspangenlächeln entgegenblitzen zu lassen. Und das selbst dann, wenn sich die frisch verstellte Klammer wie ein Schraubstock ins Zahnfleisch bohrt. Das Leben ist zum Flirten da, könnte sein Motto lauten. Dumm nur, dass ein Dauerflirter zwar für richtig viel Spaß sorgen kann, er aber leider dabei nicht merkt, wenn es ihn wirklich mal erwischen sollte.

So erlegst du einen Dauerflirter: Wenn es nur um den Spaß geht, musst du dich nicht anstrengen. Gerätst du an einen Dauerflirter, macht er ohnehin den ersten Schritt und zaubert mit einem lässigen Spruch auf den Lippen das erste Lächeln in dein Gesicht. Wenn die Sympathiewerte zwischen euch dann auch noch stimmen, steht einem witzigen Nachmittag oder Abend mit viel Spaß und guter Laune nichts mehr im Weg. Allerdings hat das Ganze ein Verfallsdatum: Spätestens am nächsten Tag und manchmal sogar schon, wenn ein neuer Flirtkandidat auftaucht, könntest du weg vom Fenster sein. Willst du einen notorischen Dauerflirter dazu bringen, dass er sich wirklich für dich interessiert, musst du clever rangehen. Steck ihm heimlich deine Telefonnummer zu oder steh am nächsten Samstag mit frischen Brötchen vor seiner Tür. Weil er so oft herumflirtet, wird er sich maximal an dich erinnern, nicht aber an das (nie gegebene) Versprechen für ein gemeinsames Frühstück. Und weil er trotz Fließbandflirten meist supernett ist, freut er sich natürlich über deinen Überraschungsbesuch.

Hi!

DER SCHÜCHTERNE

Auf deine Versuche, den ersten Blickkontakt herzustellen, wirkt er so erschrocken, als hättest du ihn mit einer Laserpistole attackiert. Sprichst du ihn an, bist du im ersten Moment nicht sicher, ob er dich überhaupt versteht. Und schenkst du ihm ein strahlendes Lächeln, zuckt er zusammen, als hättest du dich in den letzten Tagen ausschließlich von Knoblauch ernährt. Doch keine Angst! Wer es schafft, einen schüchternen Flirter aufzutauen, gerät an jemanden, der sich mit Charme und Herzlichkeit vom »Flirtopfer« ganz schnell zu einem richtigen Freund verwandelt.

So erlegst du einen schüchternen Flirter: Schongang einstellen und mit angezogener Handbremse heranpirschen. Das heißt: Weiterlächeln, bis er gemerkt hat, dass du wirklich ihn meinst. Dabei ist Geduld gefragt, denn das kann bei extrem schüchternen Exemplaren manchmal Tage dauern. Wenn es endlich so weit ist, einen schüchternen Flirter anzusprechen, spar dir coole Sätze und flapsige Sprüche. Besser sind Floskeln wie »Wow, das Wetter ist echt toll heute!«. Hört sich zwar todlangweilig an, wirkt aber, weil der schüchterne Flirter vor lauter Nervosität nicht nachdenken und somit auch nicht auf eine freche Ansage reagieren kann.

Wie gehst du beim Flirten ran?

Überprüf doch mal, welche Anmachtricks du draufhast, bei denen Jungs oder Mädchen garantiert »schwach« werden ...

1 Wirf mal einen Blick in dein Fotoalbum und stöbere durch die Kinderfotos. Wie wirkst du als Knirps?

A Verträumt.
B Wild.
C Brav.

2 Du hast jemanden entdeckt, der dir supergut gefällt. Würdest du jemanden aus deinem Freundeskreis vorschicken, um deinen Schwarm zu testen?

A Wie uncool!
B Kommt auf meinen Schwarm an. Wenn er/sie wie ein Traumprinz/eine Traumfrau wirkt, wahrscheinlich schon. Einfach nur, um einen ersten Eindruck zu bekommen.
C Bloß nicht. Am Ende schnappt er/sie mir meinen Schwarm vor der Nase weg.

3 Endlich hast du dich getraut und sprichst ihn/sie an. Und musst feststellen, dass du an einen Eisschrank geraten bist. Was nun?

A Ich bleibe natürlich dran und leihe mir notfalls einen Fön aus dem Friseursalon nebenan, um ihn/sie aufzutauen.
B Ich mach mich doch nicht zum Affen. Wenn jemand keinen Nerv auf Flirten hat, kann ich das akzeptieren.
C Ich beschließe frustriert, frühestens in meinem übernächsten Leben wieder einmal den ersten Schritt zu machen.

4 Was nervt dich auf einer Party am meisten?
A Jungs oder Mädchen, die total aufgestylt sind.
B Jungs oder Mädchen, die den Mund nicht aufkriegen.
C Jungs oder Mädchen, die hemmungslos rumflirten.

5 Du bist mit deiner besten Freundin/deinem Kumpel in einem Café. Ein paar Tische entfernt sitzt ein süßer Junge/ein süßes Mädchen, der/das zu euch rüberschaut. Wie findest du heraus, wer von euch gemeint ist?
A Ich gehe unter einem Vorwand an ihm/ihr vorbei und checke, ob er/sie mich dabei anlächelt.
B Ich frage meinen Kumpel/meine Freundin, was er/sie davon hält.
C Ich gehe zu ihm/ihr hin und sage: »Hoffentlich gilt dein Lächeln nicht meiner Freundin/meinem Kumpel. Sie/er kommt aus Amerika und reist morgen wieder ab.«

Auswertung

Zähle deine Punkte nach nebenstehendem Lösungsschema zusammen und lies bei der entsprechenden Antwort nach.

	A	B	C
1	5	3	1
2	3	1	5
3	3	5	1
4	1	3	5
5	1	5	3

Fünf bis 12 Punkte

Dein Motto beim Flirten heißt »leben und leben lassen«. Was dich dabei besonders sympathisch macht: Du flirtest nicht wild drauflos, um wieder einen Strich auf deiner Beuteliste machen zu können. Dir ist es viel wichtiger, dass auch dein Flirtpartner auf seine Kosten kommt und ihr gemeinsam jede Menge Spaß haben werdet. Dabei nimmst du deinen »Opfern« genial die Angst vor dem ersten Schritt. Weil du mit deiner zurückhaltenden, aber offenen Art signalisierst, dass du keine fiesen Abfuhren verteilst.

13 bis 18 Punkte

Kompliment für deinen Mut, denn du wartest nicht darauf, dass dich jemand anspricht. Lieber suchst du dir selber aus, mit wem du beim Flirten Spaß haben könntest. Und machst dann den ersten Schritt. Dabei wägst du sorgfältig ab, wie du dein Gegenüber aus der Reserve locken kannst. So wirkst du zwar draufgängerisch, wickelst aber mit der notwendigen Portion an Einfühlungsvermögen selbst schüchterne Flirtkandidaten schnell um den Finger.

19 bis 25 Punkte

Supersmart und auf Samtpfoten näherst du dich deinem »Flirtopfer«, bis es wie Softeis in der Sonne schmilzt. Was dich dabei auszeichnet: Du kommst mit jeder Situation klar und stellst dich darauf ein. Mit einem tröstenden Spruch zauberst du selbst im Dauerregen deinem tropfnassen Gegenüber ein Lächeln auf die Lippen, während du mit Witz und frechen Sätzen auf einer Party für Stimmung sorgst. Mit so viel Vielseitigkeit schaffst du es immer wieder, genau denjenigen anzuflirten, den du dir ausgesucht hast. Was deinen Flirtpartnern daran so viel Spaß macht: Von Anfang an ist klar, dass es um nichts geht außer um Spaß. Das gibt deinem Gegenüber die Gelegenheit, genauso locker draufloszuflirten, wie du es selbst vormachst.

DIE SACHE MIT DEN FRÜHLINGS-GEFÜHLEN

Warum macht Flirten eigentlich besonders viel Spaß, wenn es draußen wärmer wird? Ganz einfach, weil wir dem Winter die kalte Schulter zeigen und endlich wieder die Herzen brennen lassen. Und dabei geht ein wahres Feuerwerk der Gefühle in deinem Körper ab. Hier erfährst du, was passiert, wenn die Sonne Haut und Seele streichelt.

Hoch-Zeit für Hormone

Wenn es draußen grünt und blüht und auch die Temperaturen wieder richtig steigen, spielen die Hormone verrückt. Kribbelt es also am ganzen Körper, sind nicht etwa Heuschnupfen oder eine andere Allergie schuld – viel näher liegend

erscheint, dass du dich verknallt hast. Vielleicht sogar in ein Mädchen oder einen Jungen, das/der dich im Winter noch völlig kalt gelassen hat.

Verhaltensforscher und Endokrinologen – das sind Wissenschaftler, die sich mit Hormonen und Nervenbotenstoffen beschäftigen – haben sich deshalb einmal an die Biologie des menschlichen Frühlingserwachens gemacht, um das Geheimnis um die Gefühle zu lüften. Dabei kam Erstaunliches ans Tageslicht:

* Zwischen den beiden Gehirnhälften sitzt die Zirbeldrüse. Dort werden sämtliche Informationen über Lust und Liebe abgespeichert.
* Die Zirbeldrüse ist verantwortlich für die Produktion von Melatonin – einem Hormon, das für die Hautpigmentierung sorgt. Je mehr Melatonin gebildet wird, desto dunkler ist dein Teint.
* Die Produktion von Melatonin ist so stressig, dass das Hormon als natürliche Bremse für sexuelles Verlangen gilt – es werden also weniger Liebeshormone freigesetzt.
* Melatonin kann nur in der Dunkelheit gebildet werden. Die Folge: Werden die Nächte kürzer und die Tage länger, wird weniger Melatonin gebildet. Im Gegenzug steigt der Liebeshormonspiegel, wir bekommen Frühlingsgefühle.

Frühlingsgefühle zu jeder Jahreszeit

Natürlich wäre es viel zu schade, wenn wir nur im Frühling auf Flirten und Verlieben eingestellt wären. Deshalb kannst du auch im Herbst und Winter etwas dafür tun, damit dich mehr als nur eine Erkältung erwischt.

Viel Licht!

Jeden Tag mindestens eine Stunde an die frische Luft. Licht macht nicht nur Lust auf Liebe, sondern auch glücklich. Und selbst ein wolkenverhangener Himmel ist für die Produktion des Glückshormons Serotonin hilfreich.

Viel Sport!

Weil körperliche Höchstleistungen nicht nur für Kraft, sondern auch für Endorphine sorgen. Dieser Botenstoff gilt als wichtigste Starthilfe für die Schmetterlinge im Bauch, denn er sorgt für viele gute Gefühle und eine tolle Ausstrahlung.

Viele Orangen!

Die süßen Früchtchen schmecken nicht nur im Winter super, ihre Farbe ist auch wichtig für alle Flirthormone. Tipp: Täglich 20 Minuten mit geschlossenen Augen vor einer orangefarbenen Lampe tagträumen. Oder dein Zimmer mit orangefarbenen Vorhängen dekorieren.

FLIRT ODER LIEBE?

Sicher bist du schon mal heftig angeflirtet worden. Und hast reagiert: Entweder indem du deinem Gegenüber klargemacht hast, dass du kein Interesse hast, oder aber du bist in den Flirt eingestiegen. Ihr habt euch tiefe Blicke zugeworfen, euch angelächelt und irgendwann ein tolles Gespräch begonnen. Vielleicht bestand euer Flirt nur wenige Minuten oder er zog sich über einen längeren Zeitraum hin. Auf jeden Fall konntet ihr euch gegenseitig euer Interesse zeigen. Denn Flirten ist eine unverbindliche Art, mit jemandem Kontakt aufzunehmen und spielerisch Sympathie zu zeigen.

Viele Mädchen und Jungs flirten einfach nur aus Spaß oder um herauszufinden, wie sie beim anderen Geschlecht ankommen. Was aber, wenn der Flirt gar nicht mehr so harmlos ist, weil es dich plötzlich tierisch erwischt und du dich Hals über Kopf verliebt hast? Denn auch das kann beim Flirten schon mal passieren.

»Flirten ist mit den Augen bei den Händen fassen.«
Kurt Tucholsky,
deutscher Schriftsteller

Wenn du also herausfinden willst, ob du nur aus Spaß an der Sache flirtest oder weil du bereits heftig verknallt bist, solltest du ein bisschen genauer in dich hineinhören. Es ist nämlich gar nicht so schwer, zu erkennen, ob deine Flirtlust ein begrenztes Haltbarkeitsdatum hat oder bereits der Start für eine lange Reise auf Wolke sieben ist.

Ich will Spaß!

Wenn der Spaßfaktor das einzig Wichtige für dich ist, dann ...

* ... hast du viel und laut mit ihr/ihm gelacht.
* ... weißt du nicht genau, ob ihre/seine Augen blau oder grün waren.
* ... hast du das Mädchen/den Typen hinter ihr/ihm bemerkt, die/der dich die ganze Zeit so nett angelächelt hat.
* ... hast du kein weiteres Date mit ihr/ihm ausgemacht.
* ... hast du ein tolles Gefühl im Bauch, aber keine zittrigen Beine.
* ... freust du dich auf deinen nächsten Flirt – mit wem auch immer.
* ... findest du dich selbst richtig toll und begehrt.
* ... flirtest du auf Partys prinzipiell.

Ich will mehr!

Wahrscheinlich hast du bereits dein Herz verschenkt und deinen Kopf verloren, wenn ...

- ... dein Herzschlag einer Dampflok gleicht, sobald du sie/ihn siehst.
- ... dir allein beim Gedanken an sie/ihn schon die Hände kribbeln.
- ... du sogar die Form ihrer/seiner Ohren millimetergenau nachzeichnen kannst.
- ... du nur noch von eurem nächsten Date träumst.
- ... du bereits Gott und die Welt nach ihr/ihm ausgefragt hast.
- ... dir beim Gedanken an ihren/seinen Geruch eine Gänsehaut den Rücken hoch- und runterläuft.
- ... dich selbst die Flirtversuche vom größten Klassenschwarm kalt lassen.
- ... dir bei jedem Telefonklingeln fast das Herz stehen bleibt.

Der ultimative Flirttest!

Mit folgendem Test kannst du herausfinden, ob du die Feinheiten beim Flirten beherrschst und ob du weißt, wann es Zeit ist, einen Flirt besser abzuhaken. Das ist besonders wichtig, wenn dein Flirtpartner riesiges Interesse signalisiert, während dir bereits die Füße einschlafen. Oder aber du merkst, dass dein Herz bald lichterloh in Flammen steht, während dein Gegenüber nur ein bisschen Spaß im Sinn hat. Und nicht vergessen: Selbst wenn dein Testergebnis dich noch nicht zum Flirttalent des Jahrtausends stempelt – mit diesem Buch hast du schließlich alle Trümpfe in der Hand, ein echter Flirtprofi zu werden.

Bist du bereit für einen spannenden Flirt?

1 Du warst kürzlich mit deinem Kumpel/deiner liebsten Freundin auf der Kartbahn und ihr habt dort zwei Mädchen/zwei Jungs kennen gelernt. Als dein Freund/deine Freundin einen heißen Flirt anfing, hast du dich – quasi als Akt der Nächstenliebe – ganz nett mit ihrer Freundin/seinem Freund unterhalten. Seitdem weicht dir das Mädchen/der Junge nicht mehr von der Seite. Was tust du?

A Ich fühle mich voll geschmeichelt und lasse es erst mal einfach so laufen. (20 Punkte)

B Ich sage dem Mädchen/dem Jungen eiskalt, dass ich nur aus Langeweile mit ihr/ihm gequatscht habe. (5 Punkte)

C Ich versuche so schonend wie möglich klar zu stellen, dass ich sie/ihn zwar ganz nett finde, aber an einem Flirt nicht interessiert bin. (10 Punkte)

D Da wir uns vermutlich jetzt häufiger sehen, versuche ich, ein freundschaftliches Verhältnis aufzubauen. Vielleicht wird ja mehr draus. (15 Punkte)

2 Du flirtest gerade mit einem Mädchen/Jungen. Am meisten interessiert dich an ihr/ihm ...

A ... ob sie/er dich toll findet. (20 Punkte)

B ... ob sie/er einen Freund/eine Freundin hat. (15 Punkte)

C ... welches Sternzeichen sie/er ist. (10 Punkte)

D ... was sie/er später mal werden will. (5 Punkte)

3 Ein Freund erzählt dir, dass ein Mädchen/ein Junge eine Klasse höher heftig auf dich steht. Sie/er ist auf den ersten Blick weder supertoll noch besonders blöd. Nun hat sie/er deinen Freund gebeten, den Vermittler zu spielen. Wie reagierst du?

A Gar nicht. Ich finde das Ganze ziemlich peinlich. (5 Punkte)

B Man kann ja nie wissen, vielleicht ist sie/er ja echt nett. Nach einigem Hin und Her lasse ich ihr/ihm ausrichten, dass wir uns eventuell mal zu dritt irgendwo treffen können. (10 Punkte)

C Ich mag es, wenn die Mädchen/Jungs mich mögen. Kann ja nicht schaden, eine Verehrerin/einen Verehrer mehr zu haben. Ich lasse ihr/ihm meine Telefonnummer zukommen. (20 Punkte)

4 Warst du schon mal mit zwei Jungs/Mädels gleichzeitig befreundet?

A Ja, aber sie wussten nix voneinander. (15 Punkte)

B Ja, warum auch nicht, wenn man offen damit umgeht. (20 Punkte)

C Nein, das finde ich nicht fair. (5 Punkte)

D Nein, weil ich mein Herz nur einmal verschenken kann. (10 Punkte)

5 Du findest die Freundin/den Freund deines besten Kumpels/deiner besten Freundin ziemlich klasse. Nun flirtet sie/er in Gegenwart deines besten Kumpels/deiner besten Freundin mit dir. Was machst du?

A Ich halte mich aus Rücksicht auf meinen Kumpel/meine Freundin zurück. (10 Punkte)

B Ich frage meinen Kumpel/meine Freundin später, wie ernst es ihm/ihr mit seiner Freundin/ihrem Freund ist. (10 Punkte)

C Ich flirte natürlich zurück – schließlich kennt die Liebe keine Regeln. (20 Punkte)

D Ich tu so, als wäre nichts, und hoffe, sie/ihn mal irgendwo unter vier Augen zu treffen. (5 Punkte)

6 Du stehst im Supermarkt in der Schlange, da versucht der Junge/das Mädchen hinter dir ein Gespräch anzufangen. Er/sie quatscht lässig drauflos und sieht nicht mal schlecht aus. Ihr habt eine nette Plauderei. Beim Bezahlen hast du das Gefühl, dass er/sie dich gar nicht gehen lassen möchte, aber nichts sagt. Wie verabschiedest du dich?

A Ich sage möglichst lässig: »Tschüss, man sieht sich!«, und hoffe, dass er/sie mir gleich noch hinterherläuft. (5 Punkte)

B Ich warte, bis er/sie auch bezahlt hat, damit er/sie den nächsten Schritt machen kann. (10 Punkte)

C Ich frage ihn/sie leicht scherzend, ob man sich nächste Woche um die gleiche Zeit wiedersieht. (15 Punkte)

D Ich lasse mir die Gelegenheit nicht entgehen und zücke mein Handy, um mir seine/ihre Telefonnummer geben zu lassen. (20 Punkte)

7 Auf der letzten Party hast du heftigen Blickkontakt mit einem total süßen Jungen/einem echt süßen Mädchen aus der Klasse über dir gehabt. Als du ihm/ihr am nächsten Tag in der Pause über den Weg läufst, grüßt er/sie dich zwar, scheint aber von eurem Flirt nichts mehr wissen zu wollen. Was denkst du?

A Macht nix, denn ich hab einen super Abend gehabt. (15 Punkte)

B Na, so leicht kommst du mir nicht davon. Jetzt will ich es aber erst recht wissen. (20 Punkte)

C Wie gemein. Und ich hab gedacht, dass er/sie tierisch in mich verknallt ist. (5 Punkte)

D Dann eben nicht. Auch egal. (10 Punkte)

8 Du hast dich gerade in ein echt süßes Mädchen/einen echt süßen Jungen verguckt, da erzählt dir jemand, dass sie/er schon einen festen Freund/eine feste Freundin hat. Was tust du?

A Ich schreibe das Mädchen/den Typen schweren Herzens ab. (5 Punkte)

B Ich beschließe, nicht aufzugeben – so toll kann die feste Freundschaft schließlich nicht sein, wenn sie/er mir solche Blicke zuwirft. (15 Punkte)

C Mal sehen, wer gewinnt, sie/er oder ich! (20 Punkte)

D Ich hoffe, dass sie/er sich für mich entscheidet, halte mich aber erst mal zurück. (10 Punkte)

Auswertung

40 bis 70 Punkte

Dir scheint es nicht gerade unter den Nägeln zu brennen, einen heißen Flirt zu haben. Du hältst dich in der Regel erst mal zurück. Das hat natürlich den Nachteil, dass dir die eine oder andere tolle Möglichkeit vielleicht durch die Lappen geht. Dabei könnte dir ein bisschen mehr Spaß gar nicht schaden. Also gib dir doch nächstes Mal einfach bewusst einen Ruck. Denn wenn du einfach nur betreten zur Seite schaust, sobald dir ein nettes Mädchen/netter Junge über den Weg läuft, passiert gar nichts. Und ein bisschen Eigeninitiative kann wirklich nicht schaden, denn schließlich ist es für niemanden besonders leicht, einen anderen Menschen kennen zu lernen – egal, ob Mädchen oder Junge.

70 bis 100 Punkte

Du hast eine gesunde Einstellung zum Thema Flirten. Krampfhaft willst du keinen Freund/keine Freundin, aber du bist den Jungs/den Mädchen auch nicht abgeneigt. Du nimmst sie eben nur genau unter die Lupe. Aber wenn dir ein Junge/ein Mädchen mal gefällt, weißt du schon, wie man im entscheidenden Moment zu lächeln hat. Und die richtigen Worte kommen plötzlich auch wie von selbst. Hauptsache, du machst dir vorher und nachher nicht zu viele Gedanken, denn die machen einen Flirt meist komplizierter, als er ist, und verderben manchmal sogar den Spaß.

Über 100 Punkte

Das andere Geschlecht ist für dich das Thema Nummer eins unter deinen Freundinnen/Freunden giltst du längst als Experte. Was dir natürlich nicht immer alle Sympathien beschert. Du flirtest so ziemlich mit jedem Wesen, das dir über den Weg läuft – alleine schon, um nicht aus der Übung zu kommen. Bedenken hast du eigentlich nie, du tust ganz einfach, wozu du gerade Lust hast. Dass du damit manchmal andere vor den Kopf stößt, solltest du dir mal ein wenig zu Herzen nehmen. Was Spaß- und Flirtfaktor anbelangt, liegst du aber eindeutig auf dem ersten Platz.

NACH DEN STERNEN FLIRTEN

Flirthoroskop

Ob halsstarrig wie ein Widder, launisch wie ein Fisch oder feurig wie ein Skorpion – ein Blick auf das Sternzeichen deines »Flirtopfers« lohnt sich allemal, um deinen Flirtfahrplan festzulegen. Denn manche Charaktereigenschaften sind deinen sicher superähnlich, andere wiederum können eher gegensätzlich sein. Und auch das kann echt spannend sein.

WAS SAGEN DIE STERNE?

Lass dich nicht sofort entmutigen, wenn dein »Mr. Wonderful« oder deine »Miss Supersüß« ein Sternzeichen hat, das auf den ersten Blick nicht gleich zu deinem passt. Denn neben dem Geburtstag spielen noch viele andere Faktoren wie Aszendent und Mondstellung eine große Rolle, ob ihr euch wie Magneten anzieht oder ob ihr eher wie Feuer und Wasser seid.

Die zwölf Sternzeichen

Einen kleinen Einblick in die Welt der Sternzeichen bekommst du mit unserem frechen Flirthoroskop. Und nicht vergessen: Manchmal kann auch das Andere, das Unbekannte, doch äußerst aufregend sein ...

WIDDER (21. MÄRZ BIS 21. APRIL)

So sind sie:

Spaß am Leben, jede Menge Energie und positives Denken sind die wichtigsten Kennzeichen der Widder. Sie sind echte Kämpfer, die mutig von Abenteuer zu Abenteuer springen. Widerstände feuern sie eher noch an und Probleme sind für sie nur da, um möglichst schnell gelöst zu werden. Auch in der Liebe sind Widder richtige Draufgänger. Dabei nehmen sie es mit der Treue allerdings nicht immer hundertprozentig genau, obwohl sie selbst tierisch eifersüchtig werden können.

Vorsicht, Widder!

Schnell in Deckung, wenn den Widdern mal was nicht passt. Denn dann können sie supersauer werden und andere auch durchaus fies austricksen. Im gesamten Tierkreis sind die Widder die größten Egoisten. Sie zögern nicht, ihre Ellbogen einzusetzen. Mitgefühl ist nicht gerade ihre Stärke, und manchmal sind sie aufbrausend und richtig aggressiv.

Wie erlege ich einen Widder?

Widder sind Eroberer, die das Abenteuer lieben. Bei ihnen darfst du nicht lange fackeln, denn sie erwarten regelrecht, dass es nur so funkt. Allerdings reizt es sie auch total, wenn du ihnen hin und wieder die kalte Schulter zeigst! Hauptsache, du lässt dir dabei immer was Neues einfallen, dann werden sie garantiert begeistert von dir sein! Bekommen sie dagegen das Gefühl, dass sie dich leicht in die Tasche stecken können, verlieren sie schnell das Interesse.

Flirtfaktor:

Hoch – denn Widder lieben das Abenteuer!

Mit wem funkt's auf Anhieb?

Mit dem Skorpion, dem Schützen und dem Löwen.

STIER (21. APRIL BIS 20. MAI)

So sind sie:
Stiere glänzen durch ihre rekordverdächtige Ausdauer. So richtig in Gang kommen sie aber erst, wenn sie irgendwo ein rotes Tuch entdecken. Dann tun sie alles, aber auch wirklich alles, um ihr Ziel zu erreichen. Und Energiedrinks brauchen sie dafür keine, denn sie strotzen vor Kraft. Neben ihrer enormen Beständigkeit haben Stiere auch noch erstaunliches Vertrauen in sich selbst und ihre Umwelt. Stiere sehen nämlich immer das Gute im Menschen. Außerdem sind sie treu und geduldig und beherrschen es, das Leben echt entspannt zu genießen!

Vorsicht, Stier!
Neuen Eindrücken und Erlebnissen stehen Stiere eher zögernd gegenüber. Denn meist sind sie in ihren Ansichten unbeweglich und ein wenig starr. Total ausflippen können Stiere, wenn sie etwas aus ihrer geliebten Ruhe bringt. Außerdem können sie mächtig eifersüchtig und manchmal sogar geizig sein.

Womit locke ich einen Stier?
Stiere sind echte Genießer. Wenn du sie einlädtst und sie mit einem tollen Essen verwöhnst, wird ihnen das garantiert gefallen. Für Küsse und Schmusesongs zum Nachtisch sind sie ebenso empfänglich – allerdings nicht gleich am ersten Abend! Hauptsache, zwischen euch geht es natürlich zu, denn für abgehobene Geschichten sind Stiere nicht zu haben. Pluspunkte kannst du übrigens sammeln, indem du ab und zu mal ihre Sachen lobst – Stieren ist ihr Besitztum heilig!

Flirtfaktor:
Niedrig – denn Stiere brauchen Zeit, um in Wallung zu kommen!

Mit wem funkt's auf Anhieb?
Mit dem Steinbock, dem Fisch und dem Krebs.

ZWILLING (21. MAI BIS 21. JUNI)

So sind sie:

Zwillinge sind irre kontaktfreudig, immer auf einen Spaß aus und superneugierig. Sie kommen ganz spontan mit jedem ins Gespräch und wissen stets, was in und angesagt ist. Ihre Telefonrechnungen schlagen für gewöhnlich alle Rekorde. Denn reden können sie wirklich, die Zwillinge. Was genau sie aber denken, weiß nie jemand so richtig zu sagen, denn ihr wahres Gesicht zeigen sie selten! Sie können extrem charmant und höflich sein. Angemessene Kleidung und gutes Benehmen sind ihnen wichtig. Und zusammen mit ihrem offenen Wesen verschaffen sie sich damit häufig spielend Zutritt – selbst durch stärkste Stahltüren.

Vorsicht, Zwilling!

In ihren Gefühlen sind die Zwillinge flatterhafte Wesen, weshalb du dich nie hundertprozentig auf sie verlassen kannst. Für Stress sind sie total anfällig. Allerdings

auch für Endlos-Beine oder Waschbrett-Bäuche. Deshalb fällt ihnen Treusein besonders schwer. Außerdem können Zwillinge von einer Sekunde auf die andere ihre Stimmung wechseln – und die kann manchmal ganz schön mies sein.

Wie fessle ich einen Zwilling?

Mit Zwillingen musst du Katz und Maus spielen. Denn das ist ihr Geheimnis: Sie sind echte Spielernaturen! Deshalb sind Zwillinge fürs Flirten geradezu geboren. Hauptsache, du kannst sie neugierig machen. Und zwar auf dich. Dann brennen sie lichterloh! Ob du ihnen dazu eine SMS mit einer verschlüsselten Botschaft schickst oder sie nur geheimnisvoll anlächelst, wenn du an ihnen vorbeigehst, ist völlig egal. Alles, was für sie zählt, ist der Reiz, ein neues Spiel zu beginnen – und zu gewinnen.

Flirtfaktor:

Sehr hoch – denn für Zwillinge ist Flirten die Königsdisziplin!

Mit wem funkt's auf Anhieb?

Mit der Waage, dem Wassermann und dem Widder.

KREBS (22. JUNI BIS 22. JULI)

So sind sie:

Krebse setzen voll auf Gefühl und haben eine wahnsinnige Menschenkenntnis. Manche Krebse haben ein richtiges Beschützersyndrom und kümmern sich ständig um andere. Ihnen kann man einfach alles erzählen. Um Probleme, die sie ganz persönlich betreffen, machen sie allerdings lieber einen Bogen, da sie selbst nämlich superempfindlich sind. Krebse haben eine bewundernswerte Phantasie und verstehen es spielend, für gute Stimmung zu sorgen. Alles Geheimnisvolle zieht sie geradezu magisch an. Am allerliebsten wirken Krebse übrigens im Stillen!

Vorsicht, Krebs!

Krebse sind manchmal etwas kindisch. Verantwortung ist nicht gerade ihr Ding. Die geben sie am liebsten an andere ab. Deshalb neigen Krebse auch häufig zum Klammern. Und wenn ihnen etwas tierisch auf die Nerven geht, tauchen sie einfach ab und graben sich ein – so lange, bis die Luft wieder rein ist.

Wie fange ich einen Krebs?

Gefühle sind das A und O bei Krebsen – sie leben nämlich am liebsten aus dem Bauch heraus. Selbst wenn tausend Gründe gegen eine Verbindung mit dir sprechen sollten – wenn ihre Gefühle stimmen, werden sie nicht mehr von deiner Seite weichen. Und dich mit Aufmerksamkeiten und Streicheleinheiten nur so überhäufen. Sie selbst können nämlich gar nicht genug davon bekommen! Wichtig ist nur, dass du Krebse mit kleinen, versteckten Signalen ermutigst, da sie garantiert ein bisschen schüchtern sind. Plattes Anbaggern ist hier nicht angesagt!

Flirtfaktor:

Mittel – denn Krebse mögen es lieber geheimnisvoll!

Mit wem funkt's auf Anhieb?

Mit dem Skorpion, dem Stier und der Jungfrau.

LÖWE (23. JULI BIS 23. AUGUST)

So sind sie:
Löwen stehen für Kraft und ein beneidenswertes Selbstbewusstsein – klar, sie sind die Könige des Tierreichs! Sie haben sehr hohe Ansprüche an andere, sind aber auch sehr großzügig. Wenn Löwen etwas hassen, dann sind das halbe Sachen und faule Kompromisse. Sie lieben das Leben, so wie es ist, und hauen manchmal richtig auf die Pauke. Sie scheuen kein Risiko der Welt und haben echte Führungsqualitäten. Auch wenn Löwen gerne brüllen – hinter ihrem Gehabe verbirgt sich meist eine sehr verspielte Seite. Deshalb können sie andere auch so leicht für sich gewinnen.

Vorsicht, Löwe!
Wenn Löwen nicht aufpassen, werden sie irgendwann alleine dastehen, weil keiner mehr Lust hat, sie anzuhimmeln. Vor allem die Energie, die Löwen aufwenden, um ihr Ziel zu erreichen, kann für weniger Hartgesottene echt frustrierend sein. Denn nicht jeder ist bereit, so hart und zielgerichtet auf seinen Erfolg hinzuarbeiten wie sie.

Wie bändige ich einen Löwen?
Löwen stehen total darauf, angehimmelt zu werden. Gib ihnen bloß keinen Korb, denn das grenzt für sie an Majestätsbeleidigung! Also, zier dich nicht und sag ihnen einfach, wie toll sie sind. Dann werden sie sich in deiner Bewunderung sonnen und dich zum Dank auf Händen tragen! Löwen können nämlich richtig herzlich, lustig und großzügig sein, wenn sie nur ihre Tagesration an Bestätigung bekommen haben. Aber Vorsicht: Flirte nie in ihrer Gegenwart mit anderen, denn sonst zeigen sie dir ihre Pranken!

Flirtfaktor:
Hoch – denn Löwen lieben die Jagd, egal, wie lange sie dauert!

Mit wem funkt's auf Anhieb?
Mit der Waage, dem Schützen und dem Widder.

V.I.P.
Nächster
Flirt-Termin:
Mo. 8:25 Uhr

JUNGFRAU (24. AUGUST BIS 23. SEPTEMBER)

So sind sie:
Jungfrauen haben einen Schwindel erregenden Sinn für Vernunft und Ordnung. Sie lassen sich garantiert nicht von Stimmungen treiben. Stattdessen versuchen sie vielmehr, alles bis ins letzte Detail festzulegen. Ohne Terminplaner läuft bei ihnen gar nix – notfalls speichern sie alles in ihrem Zentralrechner im Hirn. Nicht selten sind Jungfrauen nur deshalb so überorganisiert, weil sie eine Panik vor dem Chaos und den Schattenseiten des Lebens haben, die sie zwar erahnen, aber nicht wahrhaben wollen.

Vorsicht, Jungfrau!
Jungfrauen meckern oft an anderen rum und lassen selten locker. Mit dieser Einstellung können sie eine Menge verpassen. Vielleicht sogar die Liebe ihres Lebens. Denn Spontaneität ist für Jungfrauen ein Fremdwort. Ihre eiserne Disziplin kann so manch einen ganz schön verschrecken. Und für ein Spontanwochenende oder eine Überraschungsparty ist mit ihnen sicher nicht zu rechnen.

Wie ziehe ich eine Jungfrau an Land?
Jungfrauen sind keine Romantiker, die dich im Mondschein küssen. Wenn sie dir aber sagen, dass sie dich mögen, dann hat das Hand und Fuß. Zu einem Rendezvous solltest du nicht zu spät kommen und auch keinen Blödsinn erzählen, sonst kriegen sie nämlich die Krise. Die Entscheidung, wohin es überhaupt gehen soll, überlässt du am besten ihnen, das wird ihnen gefallen. Dann kann der Abend auch richtig klasse werden, denn Jungfrauen sind meist gar nicht so zickig wie ihr Ruf!

Flirtfaktor:
Niedrig – es sei denn, du meldest deine Flirtabsichten schon drei Monate vorher an!

Mit wem funkt's auf Anhieb?
Mit dem Stier, dem Krebs und dem Steinbock.

WAAGE (24. SEPTEMBER BIS 23. OKTOBER)

So sind sie:

Waagen stehen auf Friede, Freude, Eierkuchen. Gegensätze versuchen sie miteinander auszusöhnen. Über Ungerechtigkeiten können sie sich furchtbar aufregen, gerade weil sie sehr umgängliche und freundliche Typen sind. Innerlich sind sie gar nicht mal so ausgeglichen, wie man meinen könnte. An guten Freundschaften und festen Beziehungen sind Waagen ehrlich interessiert. Aber auch für das Spiel mit dem Feuer sind sie immer zu haben! Besonders, wenn es gut »verpackt« ist. Denn nichts vergrault eine Waage mehr als schlechte Manieren, geistloses Gerede und verkrampfte Typen.

Vorsicht, Waage!

Waagen sind oftmals von der Bestätigung durch andere abhängig und passen sich deshalb sehr an. Vor Konflikten und Entscheidungen drücken sie sich, wo es nur geht. Vor allem wenn sie unsicher sind, ziehen sich Waagen gerne zurück und wirken dadurch auf andere sehr arrogant und ziemlich hochnäsig.

Wie schnappe ich mir eine Waage?

Waagen sind immer auf der Suche nach jemandem an ihrer Seite. Also ran an den Boy oder das Girl und »wa(a)ge« den ersten Schritt! Aber bitte nicht im Schlabberlook, denn Waagen legen Wert auf Klamotten und guten Geschmack. Wenn du mit einer Waage ausgehen willst, schlag am besten etwas Anspruchsvolles vor – einen Trip ins Museum oder einen besonderen Film. Dann habt ihr anschließend einen schönen Gesprächsstoff, der euch näher bringt. Komm der Waage beim Plaudern aber bloß nicht mit deinen Problemchen, sonst macht sie sich nämlich schnell wieder aus dem Staub.

Flirtfaktor:
Sehr hoch – denn Waagen sind wahre Meister der Raffinesse.

Mit wem funkt's auf Anhieb?
Mit dem Skorpion, dem Zwilling und dem Löwen.

SKORPION (24. OKTOBER BIS 22. NOVEMBER)

So sind sie:
Skorpione wollen den Dingen auf den Grund gehen. Je größer die Herausforderung, desto besser. Sie scheuen einfach vor nichts zurück. Denn was Skorpione tun, das tun sie ganz, und zwar mit Biss und Leidenschaft! Skorpione haben den echten Röntgenblick. Deshalb können sie anderen meist wirklich helfen, denn sie erkennen genau, wo der Schuh drückt. Alles in allem wirken Skorpione auf ihre Umwelt meist außergewöhnlich und echt faszinierend.

Vorsicht, Skorpion!
Skorpione sind in ihrem Verhalten sehr extrem. Und zwar in allen Beziehungen. Dabei ist es ihnen auch

völlig egal, wie das bei anderen ankommt. Ihre Eifersucht allerdings ist schlicht der Hammer! Da können Skorpione echt zu Tieren werden. Auch wenn sie sich in die Ecke gedrängt fühlen, wehren sie sich mit einer gehörigen Portion Gift.

Wie fasse ich einen Skorpion an?
Wenn du Skorpione willst, musst du dir hundertprozentig sicher sein, denn sie hassen halbe Geschichten! Aber die Entscheidung wird dir sicherlich nicht schwer fallen, da Skorpione meist sehr schillernde Persönlichkeiten sind! Lass dich vom Überschwang der Skorpione anstecken und sei selbst mal ein bisschen verrückt, dann kannst du mit ihnen die tollsten Dinge erleben und auch viel von ihnen lernen. Aber Vorsicht: Nie beim Flirten erwischen lassen, denn Skorpione können schrecklich eifersüchtig sein!

Flirtfaktor:
Mittel – denn Skorpione wollen immer alles, und das sofort!

Mit wem klappt's auf Anhieb?
Mit der Waage, dem Fisch und dem Stier.

SCHÜTZE (23. NOVEMBER BIS 21. DEZEMBER)

So sind sie:
Schützen sind positive Menschen, die wahnsinnig gerne Spaß haben und Action lieben. Sie haben meist große Ziele. Hin und wieder wirken sie zwar ein wenig überheblich, dafür erreichen sie aber auch mehr als andere. Allerdings haben sie dies meist ihrem Fleiß zu verdanken, denn geschenkt wird den Schützen nichts. In der Regel können sie sich total für irgendwas oder irgendwen begeistern – und damit alle anderen richtig anstecken und mitreißen. Schützen sind superkreativ und haben immer eine tolle Idee, wie die nächste Party noch cooler werden kann.

Vorsicht, Schütze!
Schützen ertragen keine Langeweile. Lieber heben sie total ab, als sich alten Gewohnheiten zu beugen. Ständig auf der Suche nach dem neuen Kick sind Dauerfreundschaften meist nicht so ihr Ding. Und mit ihrer Abenteuerlust und ihrem Draufgängertum können sie zu echten Egoisten werden.

Wie treffe ich einen Schützen?
Schützen sind eine gute Partie, denn sie sind sehr großzügig und tolerant. Wenn du sie ein wenig anhimmelst, kannst du dir fast alles bei ihnen erlauben. Sie sind sogar nachsichtig, wenn du mit anderen flirtest, allerdings sind auch sie keine Kinder von Traurigkeit. Wenn du Schützen für dich gewinnen willst, solltest du dir immer was Neues und Spannendes einfallen lassen. Extremsportarten reizen sie genauso wie fremde Länder und neue Kulturen. Und auch du solltest Überraschungen lieben und Neuem völlig aufgeschlossen gegenüberstehen.

Flirtfaktor:
Hoch – denn Schützen wollen keine einzige Chance verpassen!

Mit wem klappt's auf Anhieb?
Mit der Waage, dem Widder und dem Löwen.

STEINBOCK (22. DEZEMBER BIS 20. JANUAR)

So sind sie:

Steinböcke sind tierisch fleißig und ehrgeizig – was sie einmal begonnen haben, das ziehen sie auch durch! Zu irgendetwas fühlen sie sich garantiert immer verpflichtet. Steinböcke wirken zwar auf den ersten Blick leicht verschlossen, wenn sie sich aber jemandem öffnen, sind sie die Treue in Person. Deshalb ist auf sie immer Verlass – komme, was wolle. Steinböcke sind absolut realistisch und haben meist den vollen Durchblick. Und auch wenn man es ihnen nicht auf den ersten Blick ansieht – sie können romantisch, großzügig und sehr feinfühlig sein.

Vorsicht, Steinbock!

Bei Steinböcken kommt der »Spaßfaktor« oft zu kurz, denn sie sind sehr zurückhaltend. Manchmal sind sie einfach zu streng mit sich und anderen. Außerdem neigen sie häufig dazu, Dinge viel zu schwarz zu sehen. Steinböcke können mitunter sehr nachtragend sein – und das über einen langen Zeitraum. So manche Steinböcke sind echte »Besserwisser«.

Wie erwische ich einen Steinbock?

Wenn du Steinböcken erst mal das Lasso um den Hals geworfen hast, kannst du dich echt entspannen. Denn wenn sie sich tatsächlich haben fangen lassen, meinen sie es in der Regel auch ernst. Steinböcke stehen weder auf große Romanzen noch auf oberflächliches Geplänkel. Das ist ihnen ein echtes Gräuel. Deshalb ist Flirten auch so schwierig mit ihnen. Schau zu, dass du deinen Steinbock gelegentlich ein wenig aufheiterst, denn die Lockersten sind sie nicht gerade. Wenn du ihm aber zeigst, wie man sich so richtig amüsiert, wird er dir sicherlich für immer dankbar sein.

Flirtfaktor:

Niedrig – denn Steinböcke haben für Spaß keine Zeit!

Mit wem klappt's auf Anhieb?

Mit dem Skorpion, dem Stier und der Jungfrau.

WASSERMANN (21. JANUAR BIS 19. FEBRUAR)

So sind sie:

Wassermänner fallen am ehesten durch ihre Unabhängigkeit auf. Freiheit lieben sie einfach über alles. Sie tun nicht das, was man ihnen sagt, sondern das, was sie für richtig halten. Anstandsregeln lassen sie völlig kalt! Selbstbewusst und ein wenig eitel sind sie schon, aber sie haben echten Teamgeist und setzen sich auch für andere ein. Neue Geräte, Erfindungen, Spiele oder Sportarten faszinieren Wassermänner total, aber auch komplizierte Sachverhalte können sie stundenlang fesseln. Genauso wie tolle Gespräche und schöne Geschichten, bei denen sie ihrer Phantasie freien Lauf lassen können.

Vorsicht, Wassermann!

Wassermänner wirken leicht arrogant. Verpflichtungen – ob schulische oder private – sind nicht gerade ihre Stärke. Sie tanzen gerne aus der Reihe und sind lieber flippig und kreativ als angepasst und brav. Wassermänner lassen sich gerne von Äußerlichkeiten leiten und verschwenden nicht viel Energie darauf, die inneren Werte besonders zu beleuchten.

Wie fische ich einen Wassermann?

Wassermänner tun gerne so, als wären andere Personen Luft. Aber nur deshalb, weil ihre Neugier geweckt wurde und sie gerade heimlich die anderen studieren. Es ist sowieso ratsamer, wenn du nicht gleich mit der Tür ins Haus fällst, denn Wassermänner schätzen es sehr, ihre Entscheidungen selbst zu fällen. Dass du sie toll findest, haben sie sicher schon gemerkt, da sie helle Köpfchen sind. Mit ihnen kannst du einfach über alles diskutieren und für verrückte Einfälle sind sie stets zu haben. Mit einem gewagten Outfit oder einer abgefahrenen Aktion kannst du bei ihnen viel Eindruck schinden, da sie Leute lieben, die aus dem Rahmen fallen und sich was trauen.

Flirtfaktor:

Sehr hoch – denn Wassermänner lieben das Unberechenbare!

Mit wem klappt's auf Anhieb?

Mit der Waage, dem Zwilling und dem Krebs.

FISCHE (21.FEBRUAR BIS 21. MÄRZ)

So sind sie:

Fische sind superschillernde Typen. Sie sind echt sensibel und total verträumt. Wie keine anderen nehmen sie die Stimmungen um sich herum auf – ihre Antennen sind nonstop auf Empfang gestellt! Sie sind offen für alles und jeden und lassen sich am liebsten vom Lauf der Dinge treiben. Mit einer Art sechstem Sinn nehmen sie den Zeitgeist wahr und machen was daraus. Fische sind sehr kreativ und meist künstlerisch ziemlich begabt. Wenn ihnen allerdings mal etwas nicht passt, ziehen sie sich ganz einfach zurück und tauchen ab. Fische sind sehr versöhnlich, wild romantisch und richtig liebevoll.

Vorsicht, Fisch!

Fische weichen Schwierigkeiten oft aus und ziehen sich einfach in ihre Phantasiewelt zurück. Von daher sind sie nur schwer zu fassen und eher unzuverlässig. Sie schrecken nicht davor zurück, ihre schlechte Laune großzügig auf ihre Umwelt zu verteilen, und können bisweilen echt arrogant und verletzend werden. Auch wenn sie es nicht gerne zugeben – Fische können richtig eifersüchtig sein!

Wie angle ich einen Fisch?

Fische sind sehr romantisch veranlagt. Sie können dir jeden Wunsch von den Augen ablesen und wissen immer genau, wie du gerade drauf bist. Fische mögen nämlich schon das Verliebtsein an sich – ganz egal, auf wen sie es gerade abgesehen haben. Also, zweifle nicht lange an dir, spring einfach rein ins kalte Wasser und versuch so dein Glück! Hauptsache, du wunderst dich nicht, wenn du die Fische nur schwer zu fassen kriegst, denn sie driften von Zeit zu Zeit in ihre Traumwelt ab. Und wenn du auch noch versuchst sie zu fangen, entschwinden sie umso geschickter.

Flirtfaktor:

Mittel – denn Fische schillern zwar gerne im Rampenlicht, aber nur, wenn sie nicht gerade abgetaucht sind!

Mit wem klappt's auf Anhieb?

Mit dem Stier, der Waage und dem Skorpion.

SO SPRINGT DER FUNKE ÜBER

Wege, (W)Orte, Wagnisse

Inzwischen hast du eine Menge Infos zum Baggern und zu den verschiedenen Flirttypen bekommen. Zeit, dass es ans Eingemachte geht, damit du bestens auf den optimalen Flirt vorbereitet bist. So gibt es neben den schärfsten Strategien einfach ein paar Orte und Situationen, die perfekt dazu geeignet sind, Kontakt zu netten Jungs oder Mädchen aufzunehmen.

ABSTAND HALTEN

Bevor du richtig rangehst, solltest du ein paar Regeln vor dem »Bodytouch« beachten. Denn wer dem anderen gleich zu dicht auf die Pelle rückt, blitzt vermutlich ab – auch wenn ansonsten die Chemie gestimmt hätte.

Flirtprofis tasten sich gaaaaanz langsam an ihr Gegenüber ran. Und zwar deshalb, weil jeder Mensch eine natürliche Schutzzone um sich herum »gebaut« hat. Durchbricht ein Fremder oder jemand, der einem unsympathisch ist, diese Zone, gibt es Zoff. Kleines Beispiel: Du wartest an der Kasse im Supermarkt, und hinter dir steht ein übel riechender Typ, der dir ständig auch noch seinen Einkaufswagen in die Hacken rammt. Oder du erwischst im Bus nur noch einen Stehplatz und bist zwischen einer wild mit ihren Kindern keifenden Mutter und dem aufgeplusterten Oberkörper eines mit Stock bewaffneten Rentners mit dem »Achtung-ich-war-früher-Bundeswehrgeneral«-Blick eingequetscht. Bestimmt sind dir die unfreiwilligen Berührungen dabei total unangenehm und du verlässt fluchtartig und ohne Einkäufe den Supermarkt oder springst an der nächsten Haltestelle aus dem Bus – selbst wenn du 40 Minuten auf den nächsten warten musst.

Leider kann auch jemand, den du eigentlich auf Anhieb nett findest, dir zu schnell zu nahe kommen. Und dann klickt die anfängliche Sympathie schnell auf Negativwerte um.

In drei Schritten zum Traumflirt

Psychologen haben herausgefunden, dass es gleich drei dieser persönlichen »Schutzmäuerchen« gibt. Und die gilt es beim Flirten sanft zu überwinden. So funktioniert's:

1 Distanz wahren

Funktioniert das natürliche Feingefühl, geht jeder Mensch ganz unbewusst auf Distanz zu Leuten, zu denen er keinen näheren Kontakt hat. Ein Abstand von ungefähr 1,20 Meter zu Fremden wird von den meisten als angenehm empfunden. Der richtig clevere Flirter schickt über diese Entfernung erst einmal einen netten Blick oder ein liebes Lächeln.

Lange Lächelleitung
Flirtprofis mit Durchblick wissen, dass ein Lächeln selbst noch auf eine Entfernung von 50 Metern positiv wahrgenommen wird.

2 Sich näher kommen

Hat der erste Kontakt geklappt, darf man sich ruhig ranpirschen. So wählen Freunde eine Entfernung zwischen 60 Zentimetern und 1 Meter, um miteinander über Gott und die Welt zu quatschen. Das ist auch der Bereich, in dem es sich am besten flirten lässt. Weil man sich dabei so schön tief in die Augen blicken kann, ohne dem anderen allzu nahe zu kommen.

3 Ganz privat

Zwischen euch hat es flirttechnisch gefunkt? Dann kannst du jetzt wirklich aufs Ganze gehen und die Gefühlsschallmauer durchbrechen. Das heißt, dass du deinem Gegenüber ungestraft auf die Pelle rücken darfst und ihr euch bei einem Abstand von unter 60 Zentimetern noch besser beschnuppern könnt. Seid ihr euch so nahe gekommen, ist das auch die beste Zeit, um Körpersignale wie flüchtige Berührungen einzusetzen.

DIE BESTEN ORTE FÜR HEISSE FLIRTS

Es gibt sie einfach, die »Love Locations«, an denen du ganz locker Jungs und Mädchen kennen lernen kannst. Wenn dabei auch noch deine Stimmung und die Atmosphäre im rosaroten Bereich sind, steigt die Lust auf ganz viel Flirtspaß.

Baggern kannst du ganz genial ...

... AUF PARTYS!

Weil du meistens mit deinen Freunden abfeierst und deshalb nicht die ganze Zeit damit beschäftigt bist, nach bekannten Gesichtern Ausschau zu halten. Party-Pluspunkt: Wer kommt, bringt garantiert gute Laune mit. Und sollte wider Erwarten mal jemand schlecht drauf sein, wird er sich ohnehin in eine dunkle Ecke verkriechen und nicht weiter auffallen.

Party-Flirt-Strategie: Hast du dein »Flirtopfer« erst mal am Haken, kannst du gleich loslegen. Weil die Regel »Abstand halten« nicht gilt, sobald ihr euch schon einmal über den Weg gelaufen seid. Perfekt: Du musst nicht erst verzweifelt nach Gesprächsthemen suchen, denn zur Not könnt ihr einfach über eure gemeinsamen Freunde oder Hobbys quatschen.

... IN DER DISCO!

Logisch, weil auf der Pop-Piste deine Laune mit guter Musik angehoben wird. Vor allem Mädchen lieben die Sicherheit im Schummerlicht – weil hier keiner sieht, wie sie beim Flirten rot werden. Discos sind außerdem ideal, um sich auf unbekanntes Flirtterrain zu wagen und ganz neue Jungs und Mädchen kennen zu lernen.

Disco-Flirt-Strategie: Bei Mr. oder Mrs. Unbekannt kommst du mit der »Abstandsregel« sicher an. Lächelt er/sie zurück, wagst du dich Schritt für Schritt näher ran. Superleichtes Kennenlernspiel: Fordere sie/ihn einfach zum Tanzen auf. Vorteil: Mit der Musik habt ihr auch sofort ein cooles Gesprächsthema.

... IN DER SCHULE!

Weil du die Sicherheit hast, deinen Traum-Flirtpartner auf alle Fälle wieder zu sehen. Außerdem macht Schule viel mehr Spaß, wenn du selbst in todeslangweiligen Mathestunden wenigstens mit frechen Flirtspielen rechnen kannst.

Schul-Flirt-Strategie: Geht dein Kandidat für die knisternde Kontaktaufnahme in deine Klasse, hast du leichtes Spiel: Suche seine/ihre Nähe möglichst auch

außerhalb des Unterrichtes auf dem Pausenhof und finde heraus, wo er/sie in seiner/ihrer Freizeit unterwegs ist. Achtung: Klassenkameraden haben ein feines Näschen für Flirtfans. Das heißt, dass du dich besser auf Zehenspitzen an dein »Flirtopfer« ranwagst, wenn du nicht willst,

dass über euch getuschelt wird. Hast du ein Auge auf jemanden aus einer anderen Klasse geworfen, finde z. B. heraus, wo seine/ihre schulischen Stärken sind. Und dann fragst du nach ein paar Nachhilfestunden. Gesprächsthemen für Schulflirts: Alles rund um Lehrer und Co.

... IM INTERNET!

Nirgendwo ist es leichter, wirklich locker draufloszuflirten, als in einem Chat im Internet. Dabei kannst du ganz anonym alle Flirtstrategien ausprobieren und einfach mal testen, wie gut du mit welchen Sprüchen ankommst. Und du findest heraus, was andere Mädchen oder Jungs von einem Flirt und auch von der Liebe erwarten.

Internet-Flirt-Strategie: Praktisch, dass du dich in der virtuellen Flirtwelt erst mal anonym zu neuen Kontakten klickst. Blöd, dass auch dein Gegenüber unbekannt bleibt. Ist der Internet-Chat für dich mehr als eine Teststrecke auf dem Weg zur großen Liebe und du hast vor, dich mit einem Chatflirt auch mal zu treffen, solltest du keine Geschichten über dich erfinden. Das heißt: Ein bisschen schummeln ist zwar erlaubt, aber kurze schwarze Haare sollten nicht zu blonden Locken aufgemotzt werden, und ein Spargeltarzan sollte sich nicht als Arnold Schwarzenegger verkaufen. Wichtig besonders für Mädchen: Rück am besten nie deinen Namen oder deine Telefonnummer raus, bevor du nicht die wahre Identität deines Flirtpartners geklärt hast. Wollt ihr miteinander quatschen, sollte immer sie zuerst den Anruf starten. Grund: In vielen Chats – selbst in vermeintlich sicheren mit Registrierung – treiben sich schwarze Schafe rum.

... PER SMS!

Frechste Flirt-Variante für alle, die es eilig haben. Dabei setzt du auf nette Sprüche, die für schnelle Sympathie sorgen.

SMS-Flirt-Strategie: Seine oder ihre Handynummer knacken, einen SMS-Flirtspruch mailen und die Reaktion abwarten.
Tipps: An die Handynummer deines Schwarms kommst du mit ein paar kleinen Tricks. Ruf seine/ihre Eltern an (Telefonnummer findest du im Telefonbuch), wenn du ganz sicher bist, dass er/sie nicht zu Hause ist. Erzähle aufgeregt, dass du ihm/ihr ganz dringend etwas aus der Schule ausrichten musst und für eine SMS deshalb seine/ihre Mobilnummer brauchst. Oder du schickst einen Kumpel/eine Freundin vor, die sich als Reporter für die Schülerzeitung ausgeben und sie/ihn wegen eines Interviewtermins anrufen wollen. Oder: Deine Freundin/dein Kumpel gibt sich als Trendscout für einen Künstlerdienst aus. Klar, dass sie die Handynummer benötigen, um einen Castingtermin auszumachen.

DIE SACHE MIT DEN ANMACHSPRÜCHEN

Er hat superlieb zurückgelächelt, sie hat total niedlich gezwinkert. Und jetzt? Viele Jungs und Mädchen stehen auf der Flirtleitung, weil sie keine Ahnung haben, mit welchem lockeren Spruch sie bei ihm/ihr weiterkommen. Damit ist jetzt Schluss! Denn hier erfährst du, mit welchen Sprüchen du Gas geben kannst – und natürlich, welche Ansagen du dir lieber verkneifen solltest. Natürlich gibt es nicht den »Patentspruch«. Was du sagst, sollte der Situation jedoch immer angemessen sein. Spontaneität und Sprüche, die die Aufmerksamkeit auf dich lenken, kommen zwar am besten an, doch du solltest immer noch du selbst bleiben!

Top-Talk

- Wenn er/sie gerade gehen will: »Hast du nicht was vergessen?« – »Was?« – »Mich!«
- »Sag mal, waren wir nicht als Kinder auf verschiedenen Grundschulen?«
- »Ich bin neu in der Stadt, könntest du mir zeigen, wie ich zu dir komme?«
- Frag ihn/sie nach der Uhrzeit: »Also, heute ist Mittwoch, der 29. März. Danke, jetzt kann ich mich immer an den genauen Zeitpunkt erinnern, an dem ich dich kennen gelernt habe.«
- In einer stickigen Disco: »Hast du Lust, mit mir ein bisschen frische Luft zu schnappen. Dein Anblick hat mir nämlich den Atem geraubt.«
- »Jetzt weiß ich endlich, woher ich dich kenne. Ich hab schon total oft von dir geträumt!«

Flop-Talk

- »Hey, kennen wir uns nicht irgendwoher?«
- »Hast du mal Feuer?«
- »Hier hast du mein Handy. Ruf zu Hause an und sag, dass du später kommst.«
- »Du siehst aus, als hättest du einen Freund/eine Freundin nötig!«
- Die Hände auf ihre/seine Schulter legen und sagen: »Oh, das sind Schulterblätter. Ich dachte, das wären Flügel!«

Cool gekontert

Natürlich gibt es auch die einfallslosen Langweiler, die dich mit platten Ansagen nerven. Zeig diesen deutlich, wenn du keine Lust auf einen Flirt hast; du musst dabei ja nicht gleich verletzend werden.

So lässt du sie abblitzen:

- »Ziemlich laut hier.« – »Deshalb halte ich den Mund und rede lieber nicht mit dir.«
- »Ziemlich eng hier.« – »Dann verschwinde ich eben!«
- »Stört's dich, wenn ich rauche?« – »Mich würde es nicht einmal stören, wenn du brennst.«

Flirten international

Du liegst auf Sardinien oder in Side am Strand und neben dir sonnt sich das absolute Supermädchen oder der totale Traumprinz. Mit dieser kleinen Übersetzungshilfe kannst du in den Ferien locker drauflosflirten.

»Hast du Lust auf einen Spaziergang am Strand?«

Englisch: Would you like to go for a walk on the beach?

Spanisch: ¿Qué tal un paseo por la playa?

Italienisch: Vieni con me a passeggiare su la spiaggia?

Türkisch: Sahilde yürüyüs yapmak istermisin?

»Was hast du später noch vor?«

Englisch: What are you doing later?

Spanisch: ¿Qué haces más tarde?

Italienisch: Cosa farai dopo?

Türkisch: Aksama ne yapiyorsun?

SCHLUSS MIT SCHÜCHTERN!

Endlich hast du deinen Traumtypen oder dein Supermädchen gefunden. Und du kennst alle möglichen Tricks, wie du dich an ihn/sie heranflirtest und wie ihr jede Menge Spaß miteinander haben könnt. Wenn da nicht dieser erste Schritt wäre, der dir schon bei dem Gedanken daran die Schweißtropfen auf die Stirn treibt.

Feuchte Hände, Zitterknie und ein Gefühl im Bauch, als hättest du Wiener Schnitzel mit Schokoladensoße gegessen – leider nicht, weil du dich voll verliebt hast, sondern einfach nur deshalb, weil du dich nicht traust, ihn/sie anzusprechen. Aber wenn man immer nur darauf wartet, endlich angesprochen zu werden, kann einem das den ganzen Spaß am Flirten ordentlich vermiesen. Wie gut, dass du deinem Selbstbewusstsein mit ein paar Tricks ganz leicht auf die Sprünge helfen kannst.

Du bist toll!!!

Schluss damit, dass du dich immer in Frage stellst und an dir selbst zweifelst. Logisch, dass nicht jeder Junge aussieht wie ein Bodybuilder. Und dass nicht jedes Mädchen mit Modelmaßen glänzen kann. Trotzdem bist du richtig klasse, einzigartig, phantastisch, supergut! Weil du nämlich nicht nur Schwächen, sondern garantiert auch eine Menge Stärken hast. Und das solltest du dir immer wieder sagen. Deshalb: Stell dich (unbeobachtet) vor einen Spiegel, blicke dir tief in die Augen und sage laut zu deinem Spiegelbild: »DU BIST TOLL!« Versuche dir zu möglichst vielen Gelegenheiten – mindestens zehnmal täglich – einzuflüstern: »Ich bin toll!«

Fall auf!!!

Keine Angst davor, dass andere es peinlich finden, wenn du dich so richtig in Szene setzt. Schließlich gilt: Besser die anderen reden (auch mal) schlecht über dich als überhaupt nicht. Trau dich also ruhig in einem rattenscharfen Outfit auf die Party oder lach am lautesten, wenn du dich über einen Witz köstlich amüsierst. Sei einfach du selbst und zeige, dass du da bist und vor allem, dass du eine eigene Persönlichkeit hast. Das sorgt bei anderen eher für Bewunderung als für Ablehnung. Dazu gehört übrigens auch, nicht immer nett zu sein. Weil es nicht stimmt, dass pflegeleicht gleich beliebt ist.

Körpersprache

Klammer dich nicht an den Stuhl oder einer Tischkante fest, wenn er/sie in deinem Blickfeld auftaucht. Im Gegenteil: Rede laut und vor allem mit Händen und Füßen (das gilt auch für das spätere erste Kennenlerngespräch). Wissenschaftler haben nämlich herausgefunden, dass wir beim ersten Kontakt zu 93 Prozent auf Gestik und Mimik achten und nur zu sieben Prozent auf den Inhalt des Gesagten. Also keine Panik vor peinlichen Plappereien. Fährt er/sie auf dich ab, wird er/sie es ohnehin toll finden. Und jemand, der nicht auf dich steht, kriegt es auch nicht mit.

Teste die Tipps

Übung macht den Meister! Das gilt auch für die Flirttipps in diesem Buch. Gerade, wenn du zu denjenigen gehörst, die eine kleine Starthilfe in Sachen Selbstbewusstsein benötigen. Fang deshalb an, fremde Menschen freundlich anzuquatschen. Ein nettes »Hallo, das riecht wieder superlecker hier« zu der brummigen Bäckersfrau oder ein »Soll ich kurz mit den Kleinen spielen?« zu der gestressten Mutter, die sich bemüht, ihre Brut ins Auto zu schieben. Wenn du gecheckt hast, dass dein Auftreten echte Bumerangqualitäten hat und die Freundlichkeit, die du anderen entgegenbringst, prompt zu dir zurückkommt, kannst du dich an »Flirtopfer für Fortgeschrittene« wagen. Trau dich an Jungs oder Mädchen ran, für die du dich nicht wirklich interessierst. Vorteil: Solltest du einen Korb bekommen, wirft dich das nicht gleich aus der Bahn. Wenn du täglich übst, wirst du bald mit deinem echten Flirt locker drauflosplaudern.

Power für deine Ausstrahlung

Damit du nicht nur alle Tipps super auf die Reihe be-, sondern dabei auch noch gut rüberkommst, dafür sorgen ein freundliches Lächeln und strahlende Augen. So klappt's garantiert: Machst du dich auf den Weg zu deinem »Flirtopfer«, denk an etwas Wunderschönes. Träume davon, dass ihr euch nicht gerade in der Schule, der Zahnarztpraxis oder in einem überfüllten Bus befindet, sondern an einem Traumstrand in der Südsee. Natürlich kannst du auch an dein Lieblingsessen oder deinen Nummer-eins-Hit denken. Denn: Egal, was deine Gedanken beflügelt – positive Energie, die »good vibrations«, zaubert ganz fix ein Lächeln auf deine Lippen, du wirkst locker, sympathisch und offen – und hast damit schon halb gewonnen!

GEWUSST WIE!

Flirten ist einfach wunderbar. Du kannst grundsätzlich mit jedem und überall flirten. Wichtig ist nur, dass du deinen Flirt nicht planst, denn das Tolle daran ist ja gerade, dass er so unvorhersehbar ist – auch auf die Gefahr hin, dass der Flirt ohne Fortsetzung bleiben wird.

Plötzlich zwinkert dir jemand zu, du lächelst zurück – und auf einmal schwebt ihr zwei auf rosa Wolken. Es kommt natürlich auch auf den richtigen Augenblick an, denn Flirten kann man nicht auf Knopfdruck. Und an manchen Tagen ist dir vielleicht einfach nicht danach zumute.

Ein Flirt sollte immer von der spielerischen Seite her betrachtet werden: Entweder es klappt oder eben nicht. Schließlich weißt du nicht, wer oder was an der nächsten Ecke schon auf dich wartet. Deshalb gilt: Lass dich immer von deinem Gefühl leiten. Du allein bestimmst die Regeln und Grenzen deines Flirts. Und ob du es bei einem supersüßen Lächeln bewenden lässt oder sie/ihn mit einem lässigen Spruch anquatschst, bleibt ganz dir überlassen. Flirten ist ein Spiel, das du genießen solltest und das auf keinen Fall stressen darf.

Hier die wichtigsten Grundregeln:
Was aus deinem Flirt wird, ist völlig offen! Gleich eine ernste Geschichte draus zu machen, vergrault sie/ihn nur.

* Egal, ob Junge oder Mädchen – jeder kann den ersten »Zug« machen.
* Flirten ist ein Spiel – und kein Wettkampf.
* Flirten kann jeder – und mit jedem, egal wie groß, klein, alt oder jung jemand ist.
* Ein Flirt kann nicht erzwungen werden.

Natürlich gibt es auch beim Flirten ein paar wichtige Dos und echte Don'ts. Deshalb findest du auf den folgenden Seiten tolle Tipps, die dir helfen können, deinen Flirt zu einem echt prickelnden Erlebnis werden zu lassen.

So klappt der Flirt todsicher

* Du solltest auf jeden Fall in der richtigen Stimmung sein und auf dein Bauchgefühl hören.
* Zieh Klamotten an, in denen du dich wohl fühlst.
* Style dich so, wie du dir am besten gefällst.
* Versuch Augenkontakt herzustellen.
* Schau deinem Gegenüber immer offen ins Gesicht.
* Lächle ihr/ihm zu.
* Sei spontan und reagiere auf die Situation.
* Mach deinen Schwarm noch neugieriger auf dich.
* Versuch deinen Flirtpartner zum Lachen zu bringen – aber nicht krampfhaft.
* Wenn dir mal keine Antwort einfällt, dann sag's einfach geradeheraus.
* Hör deinem Gegenüber gut zu.
* Bleib nach Möglichkeit immer locker.

Die absoluten Flirt-Todsünden

- Ihr/ihm hinterherzupfeifen
- Dich hinter einer (am besten noch verspiegelten) Sonnenbrille zu verstecken
- Jemandem von hinten auf die Schulter zu klopfen, um dich bemerkbar zu machen
- Superdämliche Anmachsprüche von dir zu geben
- Machohaftes/zickenhaftes Benehmen
- Andere schlecht zu machen oder über sie zu lachen
- Verkrampft cooles Auftreten
- Alkohol
- Superschlaue Sprüche zu klopfen
- Von deiner/deinem Ex zu erzählen
- Sie oder ihn auf ihre/seine Pickel aufmerksam zu machen
- Ihr/ihm gleich deine gesamte Lebensgeschichte aufs Auge zu drücken

FLIRTEN FÜR FORTGESCHRITTENE

Du hast dich bereits in ein total süßes Mädchen/ einen echt tollen Jungen Hals über Kopf verliebt? Aber du weißt nicht genau, wie du am besten an sie/ihn rankommst? Macht nichts, denn hier findest du ein paar raffinierte Tricks, mit denen dein großer Schwarm garantiert auf dich aufmerksam wird und du sie/ihn bald an der Angel hast.

So funktioniert's bestimmt

Auch hier gilt die eiserne Regel: Sei einfach du selbst! Denn wenn du deinen Schwarm wirklich für dich erobern willst, solltest du immer ehrlich und natürlich rüberkommen. Ein bisschen Schummeln ist sicher okay, aber wenn du plötzlich zu einem völlig anderen Menschen wirst, kommt das mit Sicherheit sowieso irgendwann raus. Und überhaupt: Schließlich soll sich deine Angebetete/dein Traumboy ja in dich verlieben und nicht in ein Lügengespinst. Also bleib am besten so, wie du bist.

UND SO KANNST DU IHRE/SEINE AUFMERKSAMKEIT ERREGEN:

Versuche herauszufinden, auf welchen Duft sie oder er total steht und besorge dir das Parfum. Mit einem bisschen Glück findest du noch eine Flasche davon im Badezimmerschrank deiner Eltern. Oder vielleicht kannst du auch in deiner Clique mit irgendwem tauschen, um an den richtigen Duft zu kommen. Denn wenn sie/er dich »gut riechen« kann, wird das Interesse nicht lange auf sich warten lassen.

Mach dir klar, auf welches Styling und Outfit sie/er besonders steht. Schau dir deinen großen Schwarm mal genauer an. Dann kannst du schon ganz gut erkennen, ob sie/er lieber lässige Klamotten mag oder eher auf schicke Markenware steht. Das gilt auch für das Styling. Nicht jeder Junge mag Unmengen an Make-up im Gesicht seiner Traumfrau, und nicht alle Mädchen wühlen gerne in schwer gegelten oder gewachsten Haaren ihrer Traumprinzen. Also, Augen auf!

Versuche herauszubekommen, in welcher Disco dein großer Schwarm am liebsten so richtig abtanzt, und schau dort mal »ganz zufällig« vorbei. Natürlich darfst du nicht gleich auf sie/ihn zustürzen. Warte auf deine Gelegenheit: Denn beim gemeinsamen Grooven oder beim entspannten Chillen findest du bestimmt eine Möglichkeit, mit ihr/ihm ganz entspannt ins Gespräch zu kommen.

Sicher wird es dir nicht schwer fallen, etwas über ihre/seine Hobbys oder Interessen zu erfahren. Vielleicht ist ja eine Funsportart dabei, die du schon immer gerne selbst ausprobieren wolltest oder die du bereits ganz gut beherrschst. Und selbst wenn sich die Hobbys so gar nicht mit deinen decken, du weißt jedenfalls, wo du deinen großen Schwarm mit Sicherheit »rein zufällig« treffen kannst.

Falls du schon ihre/seine Lieblingsband kennst, kannst du versuchen, noch Karten für das nächste Konzert zu besorgen. Vielleicht hat sie/er den Vorverkauf ja verpennt. Bei eurem nächsten Gespräch solltest du erwähnen, dass dein Kumpel/deine Freundin dich leider hängen gelassen hat und du jetzt auf einer Eintrittskarte sitzt. Oder, falls ihr noch nie miteinander gesprochen habt, mach einen Aushang in ihrer/seiner Schule, dass du noch eine Karte abzugeben hast. Ganz bestimmt will sie/er das Konzert nicht verpassen und wird dir mit dieser kleinen List direkt in die Arme laufen.

Zwar uralt, aber immer noch erfolgreich: Der Trick mit der Hilfe. Ob es nun um die Lösung schwieriger Mathe- oder Englischaufgaben oder um das Reparieren eines Fahrrads oder einer Halskette geht – sich gegenseitig um Hilfe zu bitten, noch besser: sich als Retter in der Not anzubieten, kommt immer gut. Erfolg garantiert!

Hier und jetzt?

Flirten kannst du eigentlich an jedem Ort. Aber es gibt Situationen, die auf den ersten Blick für einen Flirt ungeeignet scheinen. Weil aber Gelegenheit Liebe macht, erfährst du auf den folgenden Seiten, wie du scheinbar auch ungünstige Augenblicke mit viel Flirtspaß verzaubern kannst.

DIE TOP FIVE DER UNGEWÖHNLICHEN FLIRTSITUATIONEN

1 Im Dauerregen

Es gibt immer mal wieder solche Tage: Der Himmel ist tiefgrau und fällt dir fast auf den Kopf. Du hast den Eindruck, es regnet schon seit Wochen. Selbst die gute Note in Englisch kann deine Stimmung bei diesem Depri-Wetter nicht heben. Und nun das: Jetzt wirst du auch noch auf die Straße gejagt, weil euer Hund dringend raus muss oder irgendein brandwichtiges Detail fürs Abendessen fehlt. Oder du hast deinen Anschlussbus verpasst und musst nun den ganzen Rest zu Fuß laufen. Aber kein Grund zur Panik. Auch wenn dich diese Situation nicht sofort an einen heißen Flirt denken lässt, gibt es sogar hier beste Möglichkeiten, tolle Bekanntschaften zu machen. Denn wenn du dich mal genauer umschaust, wirst du feststellen, dass außer dir noch einigen anderen das Schicksal widerfahren ist, bei diesem Mistwetter vor die Tür zu müssen. Und ob ihr euch nun zufällig gemeinsam unterstellt, weil grad keiner einen Schirm dabeihat, oder du genau diesen großmütig anbietest – bei so viel geteiltem Leid geht der Gesprächsstoff garantiert nicht aus.

2 Shopping-Tour im Supermarkt

Wieder hat es dich erwischt. Die Grauen erregende Aufgabe des täglichen Einkaufs ist dir übertragen worden. Mit einem meterlangen Einkaufszettel bewaffnet begibst du dich in den nächsten Supermarkt, um dein Pflichtprogramm zu absolvieren. Und während du dich noch fragst, warum immer dir dieser ätzende Job aufgetragen wird, befindest du dich schon mitten drin im Flirt-Wunderland. Denn ein Supermarkt bietet phantastische Möglichkeiten, sehr relaxt und lässig mit deinem Schwarm ins Gespräch zu kommen. Du kannst sie/ihn beispielsweise nach der leckersten Tiefkühlpizza oder dem bestriechenden Waschmittel fragen. Eine perfekte Möglichkeit für Mädchen: Such dir irgendwas aus, was ganz oben im Regal steht, und bitte ihn dann, es dir doch runterzureichen. Klappt garantiert immer. Natürlich kann auch »ganz zufällig« beim Einpacken an der Kasse deine Tüte reißen oder dir umfallen, sodass die Hälfte deines Einkaufes durch den Laden rollt. Mit Sicherheit werden sich sofort eifrige Helfer finden, die dir gerne behilflich sind. So könnt ihr gemeinsam über dein »Missgeschick« ablachen und habt eine tolle Möglichkeit, ganz unbefangen ins Gespräch zu kommen.

3 Kieferorthopäde

Schlimm genug, dass dem blöden Schularzt überhaupt aufgefallen ist, dass du eventuell eine Spange brauchst. Deine Eltern hat daraufhin ein nie gekannter Ehrgeiz gepackt und sie haben dich sofort zum nächsten Kieferorthopäden geschleppt. Und nun das: Nach einer Endlossitzung mit vielen Quälereien hat man dir tatsächlich eine Spange verschrieben. Das Schlimmste daran: ein Zettel mit ungefähr dreihundert weiteren Terminen, an denen du dich wieder in der Praxis einfinden musst. Was für eine schreckliche Zeitverschwendung, meinst du? Dann pass bei deinem nächsten Termin mal genau auf, wer da noch so alles mit dir im Wartezimmer rumhängt. Denn Zahnspangen machen weder vor Mädchen noch Jungen halt. Und wenn du dich mal ein bisschen genauer umschaust, findest du vielleicht ein süßes Mädchen/einen tollen Jungen, die/der sich genau wie du super langweilt und nur auf eine gute Gelegenheit wartet, sich die Zeit im Wartezimmer mit einem kleinen Flirt zu versüßen.

4 Musikschule

Vielleicht ist es zur lieb gewonnenen Gewohnheit aus Kindheitstagen geworden. Oder deine Eltern bestehen trotz deiner Proteste noch immer darauf, dass du unbedingt ein Musikinstrument spielen musst. Möglicherweise ist es aber auch dein liebstes Hobby und es bereitet dir riesig Spaß, Musik zu machen. Warum auch immer du zur Musikschule gehst, ist eigentlich egal. Wichtig ist nur, dass du selbst hier tolle Möglichkeiten hast, einen spannenden Flirt zu finden. Denn auch wenn in deiner Gruppe kein geeignetes Geschöpf zu finden ist, schau doch einfach mal in den anderen Kursen vorbei. Vielleicht findet sich ja im Bläserensemble ein passender Flirtpartner. Oder bei den Bongospielern. Am besten nimmst du dir ein bisschen Zeit und setzt dich unauffällig in eine der hinteren Reihen des Proberaums. Falls du angesprochen wirst, kannst du auf dein Instrument verweisen und riesiges Interesse für den neuen Kurs heucheln, den du gerade besuchst. Besonders praktisch: Du kannst dein »Flirtopfer« nach der Probe unkompliziert anquatschen und dir alles über sein Instrument erzählen lassen.

5 Aushilfsjob

Pleite ist dein zweiter Vorname. Das Geld rinnt dir zwischen den Fingern einfach so hindurch. Und da die letzten Verhandlungen mit deinen Eltern über eine Taschengelderhöhung auch keinen Erfolg hatten, bleibt dir also nichts anderes übrig, als dir einen Job zu suchen. Und bevor du jetzt im Selbstmitleid versinkst, überlege kurz mal, was für super Möglichkeiten ein Job bieten kann, neue Leute kennen zu lernen. Denn ob du in der Eisdiele jobbst, in einem Büro oder einfach nur Zeitungen austrägst – überall wirst du Mädchen und Jungs treffen, die genau wie du dringend Kohle brauchen. Und plötzlich ist so ein Job gar nicht mehr so öde, wenn man ihn mit einem prickelnden Flirt versüßt. Zeitungen austragen wird plötzlich zum Kinderspiel, wenn man es zu zweit macht, und selbst langweilige Kopierarbeiten können richtig lustig sein, wenn du nur den richtigen Gesprächspartner dabeihast.

ABHEBEN ODER ABSCHIESSEN?

Du hast einen tollen Flirtpartner gefunden, ihr versteht euch so gut, als hättet ihr schon im Sandkasten gemeinsam die besten Burgen gebaut, und ihr könnt selbst über Kleinigkeiten ablachen, als hättet ihr gerade einen Comedypreis verliehen bekommen. Scheint also, als würde die Chemie zwischen euch total stimmen und es nur noch eine Frage der Zeit sein, wann es denn so richtig funkt.

Schön wär's, wenn jeder prickelnde Flirt in einer großen Liebe enden würde. Leider sind Gefühle aber nicht unbedingt garantiert – selbst wenn ihr perfekt aufeinander abgestimmt zu sein scheint. Denn es gibt sie einfach, diese Flirtprofis, die dir die Sterne vom Himmel holen und dich nachher im Regen stehen lassen. Enttarne deshalb dein Flirtgegenüber! Bist du an jemanden geraten, der ein kleines, prickelndes Spielchen mit dir treibt, oder ist mehr in der Gefühlswundertüte drin?

Keine Chance für Lügner!

Du fühlst dich super, leicht und beschwingt – seine/ihre Komplimente saugst du dabei auf wie ein Schwamm, den man zuvor wochenlang in der Wüste vergessen hat. Und du wünschst dir nichts sehnlicher als ein Wiedersehen mit deinem neuen Schwarm. Lass dich ruhig einwickeln, aber achte darauf, dass er/sie dir nicht auch noch den Boden unter den Füßen wegzieht. So verraten sich Flirter, die Spaß an kleinen Spielchen ohne Fortsetzung haben:

Den richtigen Riecher dafür, dass er/sie nichts Ernstes im Sinn hat, beweist du mit einem genauen Blick auf seine/ihre Nase. Fasst er/sie sich ständig an das Riechorgan, ist das schlichtweg Ausdruck für sein/ihr Lügenpotenzial. Ganz einfach, weil beim Schwindeln der Blutdruck steigt! Dabei wird die Nase stärker durchblutet und fängt an zu jucken.

Den Durchblick behältst du, wenn du ihm/ihr immer mal wieder tief in die Augen schaust. Schlaue Schummler gucken zwar zurück, aber ihre Pupillen verraten sie dennoch. Die weiten sich nämlich, weil beim Herunterbeten von nicht ernst gemeinten Komplimenten Konzentration angesagt ist. Weiteres Anzeichen: Ein Schummler blinzelt oft. Weil er deinen Blick nur mühevoll aushalten kann.

Blender haben bei dir keine Chance, weil du weißt, dass jemand, der sich ständig für supertoll hält, vermutlich auch spitze beim Schummeln sein kann.

Hast du das große (Liebes-)Los gezogen?

Natürlich gibt es auch eine Menge Anzeichen, an denen du erkennst, dass es zwischen euch nach einem heißen Flirt richtig funken könnte.

* Er/sie kennt deine Träume und findet sie toll
* Er/sie akzeptiert auch deine Macken.
* Ihr könnt über alles offen miteinander reden.
* Er/sie erzählt dir davon, dass seine/ihre Clique findet, dass ihr super zueinander passt.
* Er/sie stellt dich seinen/ihren Freunden vor.

FEUER-ALARM!

Was tun, wenn's brennt?

Nun ist es doch passiert. Du hast dich tierisch in deinen Flirtpartner verknallt. Aus dem harmlosen Flirt soll nun wunderschöner Ernst werden, doch wie stellt man das an? Vielleicht ist es aber genau umgekehrt, und du willst erfahren, wie man notorische Dauerflirter loswird oder wie man es schafft, aus einem Flirt eine tolle Freundschaft werden zu lassen.

TURBO FÜR DEN SIEBTEN HIMMEL

Eigentlich hast du nur locker drauflosgebaggert. Doch dann verabredet ihr euch zu einer Fortsetzung eures Flirts. Und du stellst unmittelbar vor dem Date plötzlich fest, dass deine Hände feucht werden, als hätte dein Handtuch versagt. Außerdem zitterst du am ganzen Körper, als hättest du dich im Kühlschrank auf euer Wiedersehen vorbereitet. Könnte also sein, dass es dich voll erwischt hat! Hier sind zehn Signale dafür, dass dein Herz wirklich in Flammen steht.

Signale für Jungs

1 Du kannst plötzlich pünktlich zu Verabredungen kommen.
2 Du kannst ein ganzes Fußballspiel anschauen, ohne nachher zu wissen, wer gegeneinander gespielt hat und wie der Kick ausgegangen ist.
3 Du räumst freiwillig dein Zimmer auf.
4 Du leihst dir heimlich die Mädchenzeitschriften deiner kleinen Schwester, um bei den Gefühlen von Mädchen auf dem Laufenden zu sein.
5 Du wirst Weltmeister im SMS-Schreiben, obwohl deine Kumpels das uncool finden.
6 Du sagst eine Verabredung zum Sporttraining ab, damit du ihr in Mathe helfen kannst.
7 Du gehst freiwillig mit ihr in eine todlangweilige Liebesschnulze, nur damit du im Kino mit ihr Händchen halten kannst.
8 Mit ihr telefonierst du länger als die eigentlich üblichen zweieinhalb Minuten.
9 Dir macht es plötzlich Spaß, zu shoppen – wenn sie dabei ist.
10 Du stellst sie deinen Freunden ganz stolz vor.

Signale für Mädchen

1 Bei der Tafel Schokolade, die für seelische Notstände immer in deiner Schublade lagert, ist das Verfallsdatum überschritten.
2 Du benutzt keinen Lippenstift oder Labello mehr – weil er sonst vielleicht weggeküsst werden würde oder er ihn im schlimmsten Fall daran hindert, dich zu knuddeln.
3 Dir fällt ausnahmsweise überhaupt nichts ein, wenn deine Freundin dich um Rat fragt, weil sie Liebeskummer hat.
4 Du liest erst sein Horoskop und dann deins.
5 In Gedanken testest du, wie dein Vorname zu seinem Nachnamen passt.
6 Du legst dein Handy nicht mehr aus der Hand – um bloß keine SMS von ihm zu verpassen.
7 Du findest Fußball plötzlich richtig spannend.
8 Es ist dir überhaupt nicht peinlich, ihn in Gegenwart deiner Freundinnen Schnuckel, Bärchen oder Tiger zu nennen.
9 Beim Shoppen steuerst du auch die Jungsabteilung an.
10 Wenn dich jemand fragt, wie es dir geht, antwortest du mit einem äußerst viel sagenden Grinsen im Gesicht.

So wird mehr draus

Du wünschst dir, dass aus eurem Spiel mit der Liebe romantischer Ernst wird? Mit diesen Verhaltensstrategien kommst du ans Ziel deiner Träume, ohne dass du deinen Schwarm unter Druck setzt.

BLEIB COOL!

Ihr lauft euch zufällig über den Weg. Pech nur, dass er/sie auch die Clique im Schlepptau hat. Sei also nicht sauer, wenn seine/ihre Gefühle unter der Oberfläche brodeln und er/sie dir gegenüber einen Tick zu unterkühlt wirkt. Regel: Spaß haben mit der Clique, aber auf keinen Fall das Feld räumen. Wenn er/sie wirklich an dir und an mehr interessiert ist, wird er/sie es dir in einer unbeobachteten Sekunde mit einem süßen Lächeln oder mit lieben Worten sagen.

KONTAKTE DIE CLIQUE!

Tauch so oft wie möglich – natürlich immer »rein zufällig« – am Cliquentreffpunkt auf. Wenn du seine/ihre Freunde erst mal besser kennen gelernt hast und sie dich sympathisch finden, ist es viel leichter für ihn/sie, auch öffentlich seine/ihre Gefühle zu zeigen.

SEI DA!

Wenn es Stress in der Schule oder mit den Eltern gibt, tröste ihn/sie. Liebevolle Aufmunterung: eine Einladung zu einem romantischen Spaziergang, um in Ruhe über die Probleme zu quatschen. Oder ein selbst gebackener Kuchen, der ihn/sie garantiert auf den Geschmack bringt, dass du die/der Richtige bist.

KLAMMERN IST TABU!

Auch wenn es superschwer ist: Telefoniere deinem Schwarm nicht pausenlos hinterher und sei nicht eingeschnappt, wenn er/sie andere Pläne für den Tag hat. Vertrauen und Freiheit sind die perfekte Basis für eine tolle Beziehung.

PARTY FÜR ALLE!

Bring deine und seine/ihre Clique zusammen. Beispielsweise indem du eine Fete für alle Freunde organisierst. Das kommt prima an und macht dich selbst bei der »Cliquenkonkurrenz« beliebt.

ZIEH DIE FLIRTBREMSE!

Es gibt sie einfach, die notorischen Dauerflirter, die wie eine Klette an dir hängen und dir die ganze Party oder den Discoabend verderben. Oder die Nervensägen, die dir ständig vor und nach der Schule auflauern, um sich mit dir zu verabreden, und deinen E-Mail-Speicher oder dein Handy mit Liebesbotschaften volltexten. Das ist kein Problem mehr, wenn du die Tricks kennst, mit denen du diese zickigen Zeitgenossen schonend, aber effektiv abservierst.

Keine falschen Signale

Logisch, dass es dir schmeichelt, wenn ein Junge oder ein Mädchen dich anschmachtet und auf Teufel komm raus versucht mit dir zu flirten. Wenn er/sie aber absolut nicht dein Typ ist, solltest du alles vermeiden, was ihn/sie auf eine falsche Gefühlsfährte bringen könnte. Also Stopp für Lächeln, Blickkontakte oder nette Plaudereien.

Notlügen erlaubt

Checkt er/sie wirklich gar nicht, dass er/sie mit seiner Baggerei auf der völlig falschen Baustelle gelandet ist, erfinde deine große Liebe, mit der du sogar schon Heiratspläne schmiedest. Alles, was fest verbandelt ist, schlägt selbst Dauerflirter erfolgreich in die Flucht. Wer lieber auf die sanfte Tour Körbe verteilt: Schwärme während eurer Plauderei von deinem Traumjungen/Traummädchen, der/das natürlich eine völlig entgegengesetzte Optik zu deinem penetranten Gegenüber hat.

Ehrlichkeit siegt

Ist er/sie zwar ganz nett, aber du weißt trotzdem, dass aus euch nicht mal ein Paar werden könnte, wenn ihr den Rest eures Lebens zu zweit auf einer einsamen Insel verbringen müsstet, hilft eine klare Ansage. Erkläre, dass deine Gefühle einfach nicht ausreichen und du an einer Beziehung wirklich nicht interessiert bist. Hört er/sie trotzdem mit der Baggerei nicht auf, sag deutlich: »Deine Anmache geht mir total auf die Nerven. Hör bitte auf damit!«

Info-Schock

Schutz und Schachzug gleichzeitig: Erzähl deinen Freunden von deinem nervigen Flirt. So kommen sie nicht in Versuchung, deine Telefonnummer oder Adresse oder dein Lieblingscafé auszuplaudern. Gut auch, wenn du es schaffst, in seiner/ihrer Clique zu verbreiten, dass du seinen/ihren Flirt sogar schon für Verfolgungswahn hältst. Dabei solltest du aber behutsam vorgehen und fair bleiben. Vermeide es, ihn/sie bloßzustellen oder schlecht zu machen. Vielleicht können es ja die Freunde schaffen, den Dauerflirter zur Ruhe zu bringen.

Wenn du selber zu den Dauerflirtern gehörst ...

... kannst du nicht nur dein »Flirtopfer«, sondern auch deine Clique ganz schön nerven. Selbst wenn bei dir der Spaß im Vordergrund steht, könntest du außerdem im schlimmsten Fall jemanden übersehen, bei dem es sich lohnt, mehr als Spaß zu investieren. Hörst du von deinen Freunden öfter mal den Satz: »Bist du schon wieder am Baggern?«, ist es Zeit, mal ernsthafter über die – wenn auch total nett rübergebrachte – Kritik nachzudenken. Und vielleicht eine kleine Flirtpause einzulegen. So fällt es dir leichter:

* Bitte bei Partys deinen besten Freund/deine beste Freundin um ein vorher abgemachtes geheimes Zeichen, falls du (wieder einmal) in deine Flirttour verfallen solltest.
* Wenn du merkst, dass du nach einem »Flirtopfer« Ausschau hältst, dreh dich weg und zähle bis 20. Im schlimmsten Fall gehst du für fünf Minuten an die frische Luft.
* Verzichte auf den Discoabend und lade stattdessen deine Freunde zu einer Videosession zu dir nach Hause ein.
* Belohne dich mit einem Eis oder einem frischen Milchshake, wenn du es tatsächlich geschafft hast, einem Flirt zu widerstehen.
* Stell dir dein »Flirtopfer« einfach mit fettigen Haaren und ganz vielen Pickeln im Gesicht vor. Das törnt dich in der Phantasie ab und bremst dich in der Realität aus.

VOM HEISSEN FLIRT ZUM TOLLEN FREUND

Auch das gibt's: Du flirtest drauflos und erkennst irgendwann, dass daraus zwar keine heiße Liebesgeschichte, aber immerhin eine tolle Freundschaft werden könnte. Wie du das auch ohne gebrochene Herzen hinbiegst, erfährst du hier.

Logisch, dass nicht jeder Flirt direkt zu Wolke sieben führt. Das ist auch o. k. so, denn ein Flirt sollte ja eigentlich kein bestimmtes Ziel haben. Aber es kann durchaus vorkommen, dass du einen richtig tollen Flirtpartner findest, mit dem du dich auf Anhieb total gut verstehst, und ihr zusammen riesig Spaß habt. Und obwohl bereits für eure Freunde oder eure Clique feststeht, das ihr das neue Traumpaar seid, stellst du fest, dass irgendwas fehlt, um eine Neuauflage von Romeo und Julia zu inszenieren: die Liebe. Dass dir allerdings bei dem einen Menschen vor Liebe fast schwindelig wird, während dir ein anderes Geschöpf höchstens brüderliche/schwesterliche Gefühle entlockt, liegt an vielen verschiedenen »Zutaten« wie Geruch, Stimme etc. Deshalb kannst du diesen Prozess auch nicht mit deinem Willen steuern. Tatsache ist: Liebe kann nicht erzwungen werden.

Natürlich gibt es Leute, die aus reiner Bequemlichkeit eine Beziehung eingehen, obwohl ihr Herz keinen Trommelwirbel veranstaltet. Klar ist es ungeheuer praktisch, eine Freundin oder einen Freund zu haben. Dann ist man nicht mehr allein, kann vielleicht noch mit dem jeweiligen Partner ein bisschen angeben und steht auch in der Clique unter Umständen plötzlich viel besser da. Ein anderer Grund kann natürlich auch Mitleid sein, wenn man das Mädchen oder den Jungen, die/der sich tierisch verknallt hat, nicht verletzen möchte.

Aber leider funktioniert »das Lieben« ohne echte Zuneigung und körperliche Anziehung eben nicht. Denn die Liebe fällt nicht immer gerade da vom Himmel, wo sie gebraucht wird. Und eine Beziehung, die auf Bequemlichkeit oder Mitleid gebaut ist, wird nicht lange Bestand haben.

Hey, ich mag dich!

Wenn du nun also feststellst, dass du dich richtig toll mit deinem Flirt verstehst, ihr euch mögt und einen Höllenspaß habt, euch aber keine Liebesflügel wachsen, könnte dies immerhin der Beginn einer schönen Freundschaft sein. Natürlich rein platonisch, das heißt ohne körperliche Anziehung. Denn dies ist Grundvoraussetzung für eine Freundschaft zwischen Mädchen und Jungen. Das bedeutet im Klartext: Nicht nur du musst dir sicher sein, dass aus deinem Flirt eine tolle Freundschaft entstehen könnte, sondern auch dein Gegenüber muss diese Meinung teilen.

Ich will mehr!

Die Chancen für eine reine Freundschaft stehen allerdings erst mal schlecht, wenn sich einer von euch auch nur ein kleines bisschen mehr vom anderen erhofft oder doch von Amors Pfeil getroffen wurde. Denn dann kann euer Zusammensein ziemlich bald richtig stressig werden. Weil jemand, der dich die ganze Zeit anschmachtet, echt nerven kann. Genau wie dein schlechtes Gewissen, was sich sofort meldet, wenn du ihr/ihm auch nur kurz in die verliebten Augen schaust. Wenn du also nicht der Grund für durchweinte Nächte und gebrochene Herzen sein willst, musst du sicherstellen, dass ihr das Gleiche von einer Freundschaft erwartet. Es ist also sehr wichtig, ehrlich miteinander zu sein und offen über Vorstellungen und Wünsche zu reden. Und selbst wenn ihr feststellt, dass im Moment eine Freundschaft schwierig ist, weil einer von euch eben doch mehr will und erst mal eine Auszeit braucht, heißt das ja nicht, dass ihr nicht zu einem späteren Zeitpunkt noch mal anfangen könnt, Freundschaftsbande zu knüpfen.

Zehn gute Gründe für eine Freundschaft zwischen Mädchen und Jungen

Jungs ...

- ... bewahren einen kühlen Kopf, wenn du mal völlig von den Socken bist.
- ... wissen, was andere Jungs cool finden und wie sie »ticken«.
- ... büffeln mit dir für die nächste Mathearbeit.
- ... kennen immer die neuesten Computerspiele.
- ... reparieren dein blödes Fahrrad auch zum hundertsten Mal.

Mädchen ...

- ... sind tolle Zuhörerinnen.
- ... haben immer irgendwo noch einen Notgroschen.
- ... wissen fast immer Rat, wenn's mal Probleme gibt.
- ... kennen die besten Spicker-Tricks.
- ... können einen Streit auch mit Worten schlichten.

NUR NICHT DIE FINGER VERBRENNEN!

Stolpersteine und Tabus

Wer flirtet, spart nicht an Komplimenten und schwindelt dabei manchmal, dass sich die Balken biegen. Das ist auch in Ordnung so, aber Vorsicht vor Fettnäpfchen! Was Jungs und Mädchen gerne hören und welche Sprüche man besser nicht so ernst nehmen sollte, erfährst du hier. Außerdem gibt's Tipps zu den größten Flirtpannen und den ultimativen Flirttabus.

FLUNKERN ERLAUBT!

Flunkern ist o. k., denn schließlich geht es darum, den Schwarm auf einen unsichtbaren Thron zu heben, wo man ihn noch besser anhimmeln kann. Logisch, dass es jedes Mädchen genießt, plötzlich wie eine Märchenprinzessin behandelt zu werden. Und dass Jungs es toll finden, sich mal kurz wie ein Filmstar zu fühlen.

Trotzdem ist es gut, zu wissen, was du glauben darfst und was du besser nicht zu ernst nehmen solltest. Komplimente gehören zu jedem Flirt wie das Salz in der Suppe. Schließlich willst du deinem Flirt das Gefühl geben, dass sie oder er etwas ganz Besonderes ist. Und auch wenn's ein bisschen geflunkert ist, es gibt einige Sprüche, die einfach gut ankommen – und jedem so richtig gut tun.

Was Mädchen gerne hören

- Du hast das allerschönste Lächeln, das ich je gesehen habe ...
- Wow – deine Frisur haut mich voll um ...
- Du hast den sinnlichsten Mund, den ich mir vorstellen kann ...
- Voll cool – dein Outfit ist wirklich trendy ohne Ende ...
- Du hast eine echt sexy Stimme. Da fehlen mir die Worte ...
- Du bewegst dich wie eine Elfe ...
- Du bist einfach wunderbar ...

Was Jungs gerne hören

- Du siehst so durchtrainiert aus. Wahrscheinlich bist du der absolute Star in deinem Sportverein ...
- Hast du nicht in dem einen Film mitgespielt? Irgendwo im Fernsehen oder im Kino hab ich dich doch schon einmal gesehen?
- Knackig, knackig – du hast einen so süßen Hintern ...
- Du hast ja schöne Hände. Bestimmt können die wunderbar massieren ...
- Du könntest glatt in einer dieser Boygroups mitmachen ...
- Bei deinem Aussehen laufen dir sämtliche Mädchen bestimmt reihenweise hinterher ...
- Bestimmt bist du ein absoluter Highscore-Breaker ...

Bitte nicht ernst nehmen ...

Wirklich etwas abgehoben, aber mit derartigen Komplimenten kann man seinem Schwarm ganz schön Honig um den Mund schmieren. Und zugegeben: Wer würde sich nicht geschmeichelt fühlen? Allerdings gibt es auch Sprüche, die man besser nicht zu ernst nehmen sollte.

DU HAST SO SCHÖNE BLAUE AUGEN ...

Bestimmt sehr nett gemeint und überaus charmant. Allerdings hast du von Geburt an braune Augen und trägst auch sicher keine blauen Kontaktlinsen. Vielleicht hast du deinem Schwarm so sehr den Kopf verdreht, dass er oder sie die Farben verwechselt hat.

DU SIEHST AUS WIE BRITNEY SPEARS ...

Auch ein nettes Kompliment, denn die süße Britney wird von vielen Jungs verehrt. Wenn du allerdings ein absolut südländischer Typ mit dunklen Haaren bist, solltest du dich fragen, ob dein Gegenüber vielleicht eine kleine Sehstörung hat.

DU HAST TOTALE ÄHNLICHKEIT MIT ROBBIE WILLIAMS ...

Schön und gut, er ist wirklich ein Frauenschwarm. Aber als blonder Skater, der voll und ganz auf Hip-Hop steht, fühlt man(n) sich wohl eher nicht angesprochen. Und eigentlich solltest du davon gehört haben, wenn Robbie jetzt blonde Haare hätte.

WOW, DEIN PARFUM IST KLASSE. ICH LIEBE DIESEN DUFT VON ARMANI ...

Freut einen zwar, aber den richtigen Riecher scheint dein Flirt nicht zu haben. Denn obwohl du Armani zwar sehr gerne magst, ist dein momentaner Duft definitiv von Hugo Boss.

WAHNSINN, HAST DU EINEN SÜSSEN LEBERFLECK AUF DEINER WANGE …

Tolles Kompliment, aber eigentlich schaust du dich oft genug im Spiegel an, um zu wissen, dass du keinen Leberfleck im Gesicht hast. Aber, Moment mal – du hast vorhin in aller Eile ein kleines Stück Schokolade gegessen. Wenn du es dir genau überlegst, entpuppt sich der vermeintliche Leberfleck wahrscheinlich als gekleckerte Leckerei.

Wie du siehst, sollte man nicht jedes Kompliment voll ernst nehmen. Aber zum Flirten gehört einfach eine gehörige Portion Humor, und damit macht es ja dann auch richtig Spaß. Nett gemeint und irgendwie süß sind die meisten Sprüche und Komplimente ja auf jeden Fall. Im Klartext: Es ist völlig okay, zu Beginn eines Flirts mal ein bisschen tiefer in die Komplimentekiste zu greifen. Und vielleicht auch mal ein wenig zu übertreiben. Um aber nicht als kompletter Trottel dazustehen, sollten deine Komplimente nicht allzu sehr von den Tatsachen abweichen. Denn dann könnte sich dein Gegenüber einfach nur verschaukelt fühlen und dich dafür heftig abblitzen lassen. Und das wäre doch wirklich schade, oder?

WORTSPIELCHEN

Aus deinen zarten Anmachversuchen ist ein heftiger Flirt geworden. Und wenn es dann beim Baggern so richtig zur Sache geht, ist den Kosenamenkreationen für deinen Schwarm keine Grenze mehr gesetzt. Denn da lassen sich die Jungs und Mädels jede Menge Wortvariationen einfallen, um ihren heißen Flirt endgültig um den Finger zu wickeln.

Die Top Ten der beliebtesten Kosenamen für Mädchen

PRINZESSIN

ZUCKERPUPPE

SWEETIE

HEISSE LADY

MÄUSCHEN

SCHÖNES FRÄULEIN

SAHNEHÄUBCHEN

ENGEL

SCHOKOHÄSCHEN

KÄTZCHEN

Die Top Ten der beliebtesten Kosenamen für Jungs

HERZBLATT

SÜSSER

SCHATZI

SUPERMANN

HASE

MÄRCHENPRINZ

HELD

SCHNUCKI

MR. WONDERFUL

KUSCHELBÄR

PEINLICH, PEINLICH …

Nervosität, Unerfahrenheit oder einfach nur Pech? Aus welchen Gründen auch immer – manche Flirts beginnen heiß und enden mit einer kalten Dusche, weil irgendwas schief geht. Egal ob du mit Zitterfingern deine Cola auskippst oder vor lauter Aufregung deine Telefonnummer vergisst – hier findest du die größten Flirtpannen und wie du an der Reaktion deines Gegenübers ganz schnell checken kannst: Wann solltest du gehen und wann lohnt es sich, zu bleiben.

An der Peinlichkeitsskala von eins bis zehn kannst du ablesen, ob dein Missgeschick wirklich so dramatisch ist, wie du es empfindest. Je höher der Faktor, desto peinlicher die Situation.

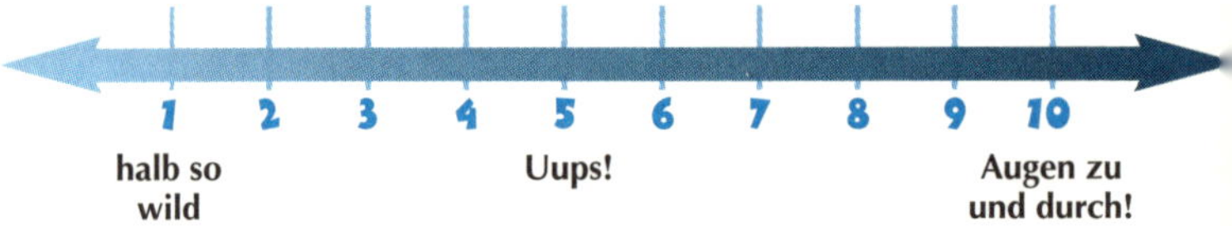

Total wichtig und unabhängig vom Happy End: Steh zu deinem Missgeschick. Das macht dich sympathisch und du erntest Bewunderung, wenn du selber über dich lachen kannst. Richtig peinlich wird es meist dann, wenn du versuchst, eine kleine Panne ungeschickt zu überspielen.

Panne: Stolpern – Peinlichkeitsfaktor: 6

Endlich bist du mit deinem Flirt verabredet! Dumm nur, dass du vor lauter Glück die rosarote Brille aufgesetzt hast. Und die blendet die Realität komplett aus – leider auch kleine »Stolpersteine« wie ungünstig aufgestellte Straßenpoller oder Bordsteinkanten. Während du eigentlich mit einem strahlenden Lächeln deinem Schwarm entgegenrennen möchtest, wirst du von diesen lästigen »Bollwerken gegen künftige Beziehungen« unsanft aufgehalten. Das Ergebnis: Du zeigst überdeutlich, dass du auf deinen Schwarm fliegst.

Kopf hoch!

Deine ungewollte Artistikeinlage kann das Eis zwischen euch schnell brechen. Weil du mit einem lockeren Spruch auf den Lippen die Situation rettest. Probier es doch einmal damit: »Eigentlich hatte ich ja nicht vor, dir gleich beim ersten Date zu Füßen zu liegen!« Lacht er/sie, sind dir Sympathiepunkte sicher.

Und tschüss!

Dreht er/sie sich ungerührt weg, hast du auch beziehungstechnisch eine Bauchlandung gemacht. Weil das, was dir peinlich ist, ihm/ihr noch viel peinlicher zu sein scheint. Deshalb: Ganz schnell einen Abflug machen!

Panne: Getränk umwerfen – Peinlichkeitsfaktor: 9

Viele kennen das: Ist ein Treffen mit dem Schwarm angesagt oder sitzt du deinem »Flirtopfer« nach langem Baggern endlich gegenüber, schaltet sich plötzlich das Kontrollzentrum über deine Knochen aus. Und das, als du gerade zu deiner Cola greifen willst, weil deine Kehle so trocken ist, dass du kein Wort rausbekommst. Es kommt, wie es kommen muss: Das Glas rutscht dir aus den feuchten Fingern und die Cola landet auf deinem liebevoll zusammengestellten Outfit!

Kopf hoch!

Falls ihr noch vorhattet, die Lokalität zu wechseln, kannst du das mit dem dicken Fleck auf den Klamotten vergessen. Zeigt dein Gegenüber allerdings ehrliches Mitleid, darfst du ihn/sie ruhig zu dir nach Hause einladen, um dich auch optisch wieder in Flirtform zu bringen.

Und tschüss!

Zieht dein Flirtpartner erst einen Flunsch und dann ohne dich weiter, musst du dich nicht ärgern. Auch ohne nasse Klamotten hättest du diesen Flirt nie in trockene Tücher bekommen. Weil durch seine/ihre Aktion klar wird: »War nett. Aber ich kann auch mit anderen flirten!«

Panne: Pickel – Peinlichkeitsfaktor: 2

Kleiner Kurs in Dermatologie: Es ist völlig normal, wenn ausgerechnet vor einem wichtigen Treffen mit einem heißen Flirt ein fieser Pickel sprießt. Weil die Hormone genauso verrückt spielen wie du selbst und deshalb das Hautbild verändern. Doch Entwarnung ist angesagt: Abdeckstifte machen peinliche Pusteln dauerhaft unsichtbar. Quicktipp: Sprießen Pickelchen schon am Abend vor dem Date? Mit Zahnpasta betupfen – das wirkt entzündungshemmend und trocknet den »Flirtfeind« aus.

Kopf hoch!
Es ist wirklich so: Pickel fallen uns selber am heftigsten auf, während unser Gegenüber den unerwünschten »Begleiter« oftmals gar nicht bemerkt und garantiert nicht schlimm findet. Test: Frag deine beste Freundin, deinen Bruder oder deine Eltern, ob ihnen etwas an dir auffällt! Entdecken sie den Störenfried nur nach längerem Suchen, kannst du sicher sein, dass dein Flirt ihn gar nicht finden wird.

Und tschüss!
Wenn du bemerkst, dass zwischen dir und deinem Flirt schon nach wenigen Minuten die Luft raus ist, liegt das sicher nicht an Pickeln und Co. Zwischen euch stimmt die Chemie eben nicht!

Panne: Stottern – Peinlichkeitsfaktor: 4

Dein Hals ist wie zugeschnürt und würde dich jetzt jemand nach deiner Adresse fragen, könntest du ihn nur an das Einwohnermeldeamt verweisen – weil dir vor Aufregung maximal dein eigener Name einfällt. Noch schlimmer aber: Wie sollst du mit deinem Flirtpartner intelligent plaudern, wenn sich dein Sprachspeicher schlichtweg abgeschaltet hat?

Kopf hoch!

Ist er/sie wirklich an dir interessiert, beeindruckst du ihn/sie auch mit »blablabla«. Ganz einfach deshalb, weil Flirtende zu 93 Prozent auf Mimik und Gestik achten und nur zu sieben Prozent auf den Inhalt des Gesagten hören.

Und tschüss!

Macht sich dein Gegenüber lustig über deine kleine Sprachhemmung oder rollt er/sie gar gelangweilt mit den Augen, kannst du die Flirtfortsetzung vergessen. Schließlich zeigt er/sie dir nur zu deutlich, dass er/sie gar nicht in Flirtlaune ist.

ACHTUNG, BRANDGEFAHR!

Die gibt es auch noch – die ultimativen Flirttabus. Denn manchmal stimmen einfach die Voraussetzungen nicht, um sich in einen heißen Flirt zu begeben. Das heißt im Klartext: Nicht jede Situation und jeder Zeitpunkt sind super für einen Flirt geeignet. Das gilt natürlich auch für die Auswahl deines »Flirtopfers«.

Obwohl du eigentlich mit jedem Menschen flirten könntest, gibt es ein paar Leute, bei denen du dir höchstwahrscheinlich nicht nur eine derbe Abfuhr abholst, sondern auch noch jede Menge Ärger kassieren könntest. Von wem du besser die Finger lässt und wann die Aussichten auf einen Korb fast ins Unermessliche steigen, erfährst du auf den folgenden Seiten.

Aufgepasst! – Wann du auf keinen Fall baggern solltest

KEINE SO »DUFTE« IDEE

Auch wenn's superlecker ist: Bestimmte Speisen und Gewürze sollten vor einem Flirtversuch unbedingt vermieden werden. Denn nach einer ausgiebigen Mahlzeit mit so richtig viel Knoblauch wirst du nicht nur Vampire locker in die Flucht jagen. Das heißt: Döner & Co., vollgepackt mit Zwiebeln und allem Drum und Dran, sind absolute Flirtkiller. So lecker sie auch sind. Beim Baggern wird dir – mit so einer Ladung im Bauch – ziemlich schnell die Luft ausgehen. Und was so alles passieren kann, wenn sich ein Chili con Carne mit jeder Menge Bohnen langsam in deinen Eingeweiden ausbreitet, ist leicht vorstellbar ...

BITTE NICHT STÖREN!

Voll daneben ist ein Baggerversuch während einer Klassenarbeit oder einer anderen Prüfung. Da macht es wirklich wenig Sinn, seinen Schwarm zu bearbeiten. Vor allem, wenn es sich auch noch um ein Problemfach handelt – egal, ob von dir oder deinem Flirt. Hier gilt: volle Konzentration auf die richtige, wichtige Sache! Und das ist in diesem Fall erst mal die Prüfung. Allerdings stehen deine Chancen für einen heißen Flirt danach besonders gut: Denn nach so einer Anstrengung ist jeder gern bereit, mal wieder richtig Spaß zu haben. Und da kommt ein Flirt doch wie gerufen.

SCHLECHTE LAUNE!

Deine Erfolgschancen für einen tollen Flirt sinken rapide, wenn deinem Schwarm eine Laus über die Leber gelaufen ist. Ganz gleich, ob ein verlorenes Fußballspiel, eine schlechte Note im Mathetest oder einfach nur miese Laune der Grund dafür ist – beim Baggern wirst du wahrscheinlich auf steinigen Grund stoßen. Egal, ob ein Sturz auf die Nase beim Skateboarden oder eine voll danebengegangene Blondierung schuld daran ist, dass deinem auserwählten Flirt nicht mal ein Hauch von einem Lächeln über die Lippen kommt. Hier ist die beste Lösung der kurze, taktische Rückzug! Denn an der nächsten Ecke könnte schon der nächste Flirt warten ...

SCHWER BESCHÄFTIGT!

Wenn Jungs oder Mädchen unter sich sind, möchten sie manchmal einfach nicht gestört werden. Das kann zum Beispiel beim Fußballspiel im Stadion oder vor der Flimmerkiste sein – hier sind die Jungs voll auf ihre Lieblingsmannschaft fixiert. Und empfinden alles, was in diesem Augenblick gerade nichts mit dem runden Leder zu tun hat, als absoluten Störfaktor. So wie die Mädchen: Wenn die gerade vor Aufregung beim Konzert oder beim Videoclip ihrer Lieblings-Boygroup fast in Ohnmacht fallen, werden Flirtversuche von Jungs sicher auf taube Ohren stoßen. Überhaupt sind Flirtversuche selten erfolgreich, wenn dein Schwarm gerade so richtig beschäftigt ist. Also: Zurückhaltung ist angesagt, wenn er oder sie in ein angeregtes Gespräch verwickelt ist oder gerade lange Diskussionen am Handy führt.

IMMER SCHÖN LOCKER BLEIBEN!

Du hast absolut schlecht geschlafen, bist hundemüde und mit dem falschen Fuß aufgestanden. So richtig mies drauf – das ist jeder mal. Wenn du allerdings in so einer Situation einen Flirtversuch startest, weil du hoffst, damit deine Laune von null auf hundert zu bringen, wird das wahrscheinlich total in die Hose gehen. Ist doch auch klar. Ein rausgepresstes Lächeln aus einem zerknitterten Mund und ein zuckersüßer Augenaufschlag aus dick verquollenen Lidern wird dir vermutlich höchstens Mitleidspunkte bringen. Also, lass dir lieber ein bisschen Zeit, bis sich deine Laune wieder gebessert hat. Denn die nächste günstige Gelegenheit kommt bestimmt ...

Achtung! – Wen du besser nicht anflirten solltest

DIE FRISCH VERLASSENEN

Gerade getrennt heißt zwar, dass er oder sie wieder zu haben ist. Aber der Schmerz über die Trennung könnte bei deinem Schwarm noch sehr tief sitzen. Vor allem, wenn er oder sie die Beziehung ganz und gar nicht aufgeben wollte. Logisch, dass sich diese Menschen zumindest in der ersten Zeit sehr mit sich selbst beschäftigen. Natürlich reagiert jeder anders, wenn es mal aus ist. Aber es gibt einige, die ziehen sich lieber erst mal zurück und wollen für eine Weile in Ruhe gelassen werden. Und wie heißt das alte Sprichwort so schön: Die Zeit heilt alle Wunden. Irgendwann hat jeder wieder Lust zum Flirten.

DIE ELTERN DEINER FREUNDE

Ein echt heikles Thema, wenn man einen Elternteil seines Freundes oder seiner Freundin anflirten will. Denn mit diesem Baggerversuch kannst du dir unter Umständen gleich doppelt und dreifach Probleme einhandeln. Erstens wird dein Freund oder deine Freundin wenig Verständnis für deinen Flirtversuch haben. Zweitens kann solch ein Versuch auch den Ehe- oder Lebenspartner deines »Flirtopfers« bis in die Steinzeit verärgern. Und wenn's ganz schlecht läuft: Nicht als Kompliment, sondern als dreiste Unverschämtheit hat das jeweilige Elternteil deine Flirtaktion empfunden und verbietet – als Reaktion darauf – in Zukunft seiner Tochter oder seinem Sohn den Umgang mit dir.

DEN FREUND DEINER FREUNDIN – DIE FREUNDIN DEINES FREUNDES

Ein sehr riskantes Spiel, bei dem man sich richtig böse die Finger verbrennen kann. Denn wie würdest du reagieren, wenn deine liebste Freundin oder dein bester Kumpel deine neue Flamme plötzlich anmacht. Wahnsinnig erfreut wärst du darüber sicher nicht. Wenn du also eine tolle Freundschaft nicht riskieren willst, solltest du von diesem Flirt besser Abstand nehmen. Schließlich findet man wirklich gute Freunde nicht wie Sand am Meer.

DIE BEREITS VERGEBENEN

Für den allerersten Baggermoment vielleicht ganz lustig. Aber dieser Flirt ist meist nur von sehr kurzer Dauer. Denn viele Jungs und Mädchen, die in einer festen Beziehung sind, haben für einen prickelnden Flirt nicht mehr viel übrig. Ist ja auch logisch, denn die haben ihr Herz ja bereits schon verschenkt. Und wenn auch noch der Freund oder die Freundin deines Flirts in der Nähe ist und deine Absichten mitkriegt, kannst du dir unter Umständen nicht nur eifersüchtige Blicke einhandeln.

DEINEN LEHRER – DEINE LEHRERIN

Flirtversuche bei Lehrern solltest du dir besser gleich aus dem Kopf schlagen. Denn diese Aktion kann einen Haufen Stress mit sich bringen. Nicht nur, dass die meisten Lehrer (und auch deine Mitschüler) deine Anmache glatt mit Schleimen nach besseren Noten verwechseln würden. Viele Lehrkräfte haben auch riesige Angst davor, ihren Schülern zu nahe zu kommen. Denn nicht selten ist das »sich gut verstehen« zwischen Lehrer und Schüler missgedeutet und als »Verhältnis« ausgelegt worden. Und da per Gesetz ein solches »Verhältnis« strafbar ist, schrecken viele Pauker davor zurück. Außerdem ist so ein Flirtversuch genau das Richtige für die Schulgerüchteküche: Von Schleimer bis Arschkriecher wird der Wortschatz reichen, der dir für die nächste Zeit um die Ohren gehauen wird.

DIE EINFACH NICHT WOLLEN

Eigentlich ist beim Flirten alles erlaubt – ganz nach dem Motto: »Baggern, was das Zeug hält«. Und natürlich solltest du deine Flirtversuche auch nicht gleich aufgeben, nur weil der erste Anlauf nicht geklappt hat. Wenn du allerdings von deinem Schwarm ein hundertprozentiges und absolut felsenfest überzeugtes »Nein« zu hören bekommst, ist es besser, mal kurz zu pausieren. Vielleicht lässt du erst mal ein bisschen Zeit vergehen und prüfst deine Chancen dann nochmal. Vielleicht sieht die Lage dann plötzlich ganz anders aus ...

DAS DICKE ENDE ...

... ODER: JETZT FÄNGT DER SPASS ERST RICHTIG AN!

Zugegeben, auch wenn beim Flirten der Spaß im Vordergrund steht, sind viele Jungs und Mädchen nicht abgeneigt, dabei vielleicht auch der großen Liebe über den Weg zu laufen. Und wenn es dich dann so richtig erwischt hat, könnte dich vermutlich nicht einmal der angesagteste Popstar zu einem prickelnden Spielchen überreden. Ganz klar: weil für die Liebe andere Regeln gelten. Doch vom Flirt zu den großen Gefühlen ist es ein weiter Weg. Hier sind die wichtigsten Stationen:

Start frei für die Schmetterlinge

Was als harmloser Flirt begann, hat sich in deinem Herzen festgesetzt. Du bist total verknallt und kannst an nichts anderes denken als an deinen Schwarm. Dabei bist du so glücklich, dass du wie ein Fleisch gewordenes Smiley durch die Gegend läufst! Mathearbeit versiebt – macht nichts! Zur Monatsmitte schon pleite – na und! Luft und Liebe reichen aus! Stress mit den Eltern – nicht mehr lange, weil du ihnen für immer und ewig Recht gibst! Noch schöner, wenn dein Flirt die gleichen Gefühle für dich hat. Ihr seid einfach nur noch gut drauf, genießt die Zweisamkeit und findet selbst die kleinen Macken des anderen total klasse.

Gelandet!

Ihr seid immer noch verknallt, ab die rosarote Brille drückt inzw schen auf der Nase. Und plötzlic erkennt er, dass er ihr Make-up fü viel zu übertrieben hält, währen sie genervt ist, dass er selbst auf de Kuschelcouch seine Baseballmütz nicht absetzen will. Richtig: Jetz wird es ernst in der Liebe. Du merkst, dass der Traumprinz oder die Traumprinzessin ein paar Angewohnheiten hat, die nicht in deinem Bild vom perfekten Partner vorgesehen sind. Dabei geraten deine Gefühle für ihn/sie und deine Vorstellungen vom perfekten Liebesglück mächtig ins Wanken.

Flirten

Kampwerth, Karin / Streng, Corinna:
Flirten – Bis die Funken fliegen
ISBN 3 522 17540 9

Konzeption, Gestaltung und Herstellung:
Hampp Media GmbH, Stuttgart
Einband- und Innenillustrationen: Alexander Weiler
Redaktion: Claudia Hentschke, Marion Krause,
Melanie Schölzke
Schrift: Excelsior
Satz: pws Print- und Werbeservice Stuttgart GmbH
Druck und Bindung: Friedrich Pustet, Regensburg

6 5 4 3 2* 03 04 05 06

Thienemann im Internet: www.thienemann.de

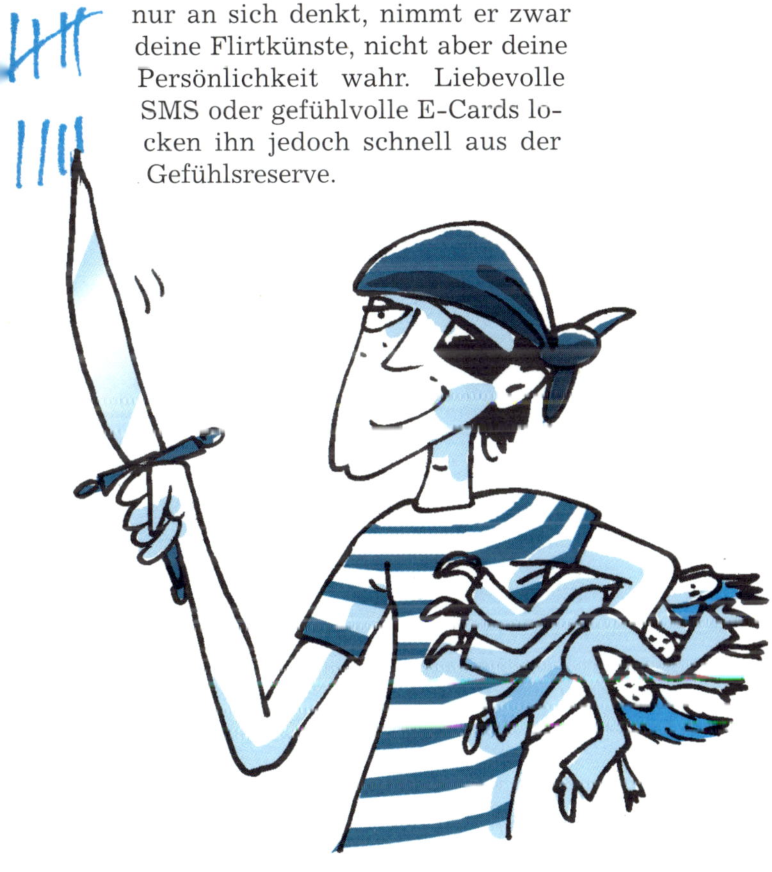

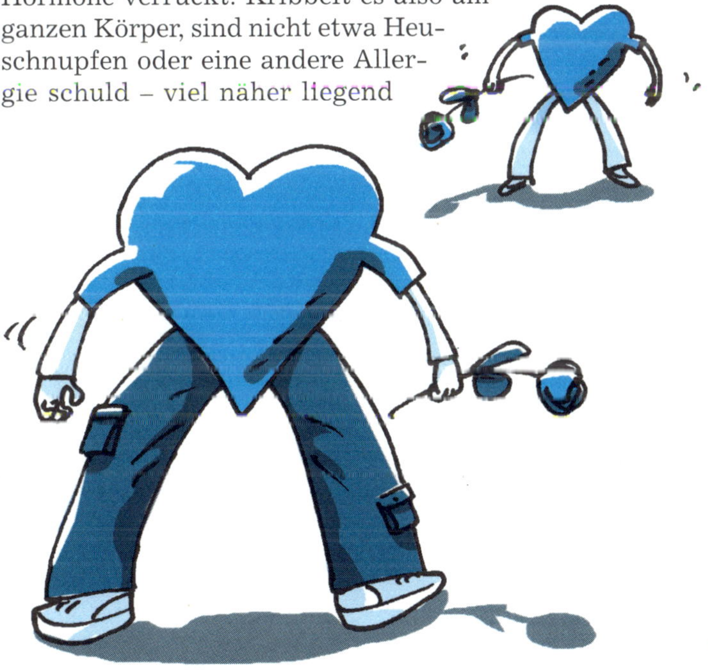

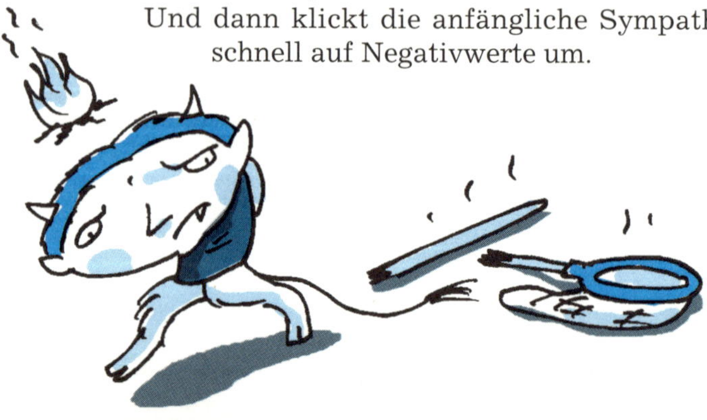

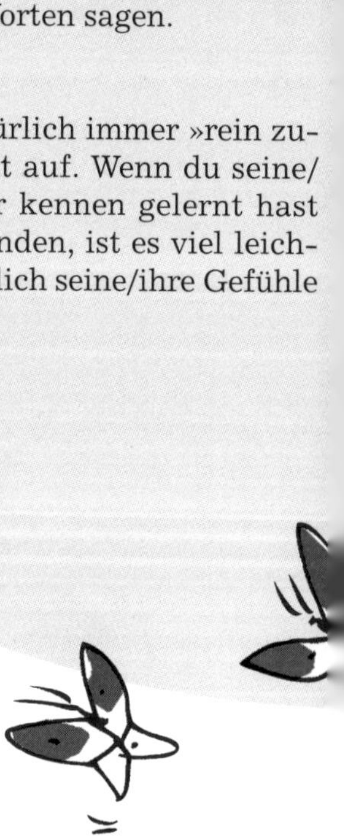

Bodenkampf

Du glaubst, dass das einzige Mittel gegen Beziehungsstress die Tatsache ist, dass er/sie sich ändern muss. Dabei dreht ihr euch mitten im allerschönsten Clinch die ganze Zeit im Kreis. Weil auch er/sie dir Vorwürfe machen wird und sich einiges anders wünscht. Die einzige Lösung: Kompromisse finden. Denn wenn ihr mit all euren Ansprüchen offen aufeinander zugeht, könnt ihr nicht nur eure Liebe retten, ihr verhindert auch, dass ihr euch für den anderen verbiegt und letztendlich unglücklich werdet.

Sieg für die Liebe

Sobald ihr kapiert habt, dass miteinander streiten weder das Ende der Beziehung noch ein allzu großes Drama ist, seid ihr auf dem richtigen Weg zum perfekten Paarlauf. Denn kleine Reibereien halten nicht nur die Gefühle füreinander hellwach, sie sorgen auch dafür, dass eure Freundschaft richtig lange hält. Weil da nichts Unausgesprochenes ist, was auf den Magen schlagen könnte. Wichtig: Ihr könnt nicht nur eure Träume und Gedanken miteinander teilen, ihr könnt auch unterschiedlicher Meinung sein, und zwar ohne dass ihr euch dabei entzweit.